光文社文庫

文庫オリジナル／長編青春ミステリー

灰色のパラダイス

赤川次郎

光　文　社

『灰色のパラダイス』目　次

●主な登場人物のプロフィールと、これまでの歩み

第一作『若草色のポシェット』以来、登場人物たちは、一年一作の刊行ペースと同じく、一年ずつリアルタイムで年齢を重ねてきました。

杉原爽香《すぎはらさやか》……四十五歳。中学三年生の時、同級生が殺される事件に巻き込まれて以来、様々な事件に遭遇。大学を卒業した半年後、殺人事件の容疑者として追われていた明男を無実と信じてかくまうが、真犯人であることを知り自首させる。二十七歳の時、明男と結婚。三十六歳で、長女・**珠実**《たまみ》を出産。仕事では、高齢者用ケアマンション〈Pハウス〉から、**田端将夫**《たばたまさお》が社長を務める〈G興産〉に移り、老人ホーム〈レインボー・ハウス〉を手掛けた。その他にもカルチャースクール再建、都市開発プロジェクトなど、様々な事業に取り組む。

杉原明男《あきお》……旧姓・丹羽《にわ》。中学、高校、大学を通じて爽香と同級生だった。大学時代に大学教授夫人を殺《あや》めて服役。その後〈N運送〉の勤務を経て、現在は小学校のスクールバスの運転手を務める。

杉原涼《りょう》……爽香の兄であり、故人の杉原充夫と則子の長男。大学生。有能な社会人の姉・**綾香《あやか》**と高校生の妹・**瞳《ひとみ》**と同居している。大学の写真部で知り合った**岩元《いわもと》なごみ**と交際中。

栗崎英子《くりさきひでこ》……往年の大スター女優。〈Pハウス〉に入居した際、爽香と知り合う。そののち、映画界に復帰。

久保坂《くぼさか》あやめ……〈G興産〉の社員で、爽香をきめ細やかにサポートする頼もしい部下。画壇の重鎮である**堀口豊《ほりぐちゆたか》**が夫だが、入籍はしていない。

河村太郎《かわむらたろう》……爽香と旧知の元刑事。爽香の中学時代の担任、**安西布子《あんざいきぬこ》**と結婚。天才ヴァイオリニストの娘・**爽子《さわこ》**と、長男・**達郎《たつろう》**の他、捜査で知り合った**早川《はやかわ》志乃《しの》**との間に娘・**あかね**がいる。

増田《ますだ》……爽香が通うコーヒーのおいしい喫茶店〈ラ・ボエーム〉のマスター。

中川満《なかがわみつる》……爽香に好意を寄せる殺し屋。〈ラ・ボエーム〉の〝影のオーナー〟。

松下《まつした》……元々は借金の取り立て屋だったが、現在は〈消息屋〉を名乗り、世の中の裏事情に精通する男。爽香のことを絶えず気にかけており、事あるごとに救いの手を差しのべる。

――杉原爽香、四十五歳の冬

1　灰色の空の下

今、何時ごろなんだろう……。

朝なのか、昼間なのか、夕方なのか。

確かなのは、夜ではない、ということだけだった。辺りは明るい。

でも、空は隙間《すきま》なく灰色の雲に埋め尽くされて、太陽がどの辺にあるのか、見当もつかなかった。

それにしても……。

ここに座り込んでから何時間たつだろう？

時計もケータイも持っていないので、よく分らない。でも、少なくとも一時間——いや、二時間以上たっているだろう。

それなのに、誰一人、ここを通らないのだ。

こんなことってあるのか？

ここは団地だろ？　アパートがズラッと並んでいる。一体何棟建っているのか。一体何戸の家族が住んでいるのか。何人が暮しているのか……。

でも、およそ人の気配ってものがないのだ。話し声もしなければ、足音も聞こえない。

みんな、どこで何してるんだ？

「――大きなお世話だよな」

と呟《つぶや》いて、春日《かすが》公彦《きみひこ》はちょっと笑った。

そう。俺が文句を言うようなことじゃないんだ。

ここは俺の住いじゃないし、生れた場所でもない。縁もゆかりもない場所なんだ。

ここへやって来たのだって、ただの偶然で、たまたま乗った電車が、この団地の近くの駅で終点になったというだけのこと。

そこから十分くらい歩いたら、いつの間にか、この団地の中へ入っていたのである。

まるで別の世界へ来たようだった。

こんな大きな団地に来たことはない。

どこにしようか？　――迷ってキョロキョロ見回してしまった。

そして、目についた一番高い棟が、ここだった。十四階まである。

一階や二階、高さが違ってもどうということはない。飛び下りれば一瞬で確実に死ぬ。

まあ、団地の住人には迷惑な話だろうが、ちょっと我慢してもらおう。

飛び下りたとき、下に誰かいて、ぶつかったりすると一緒に死んでしまうかもしれない、と心配していたが、こう人がいなくては、その点も気にしないでいいようだ。

春日公彦は、今、十四階の外廊下の奥に座っていた。——上へ上る階段があって、そこに腰をおろしていたのである。

屋上へ出られるのだろう。

どうせなら屋上からにしようか。

そうだ、眺めもいいかもしれないしな。

ゆっくりと立ち上った。

ずっとコンクリートの階段に腰かけていたので、体がこわばってしまっていた。伸びをして、階段を上って行く。

春日公彦は四十八歳だった。背広にネクタイ。——典型的なサラリーマンである。

もう少しいい背広を着てくれば良かったな、と思った。

「どうでもいいか……」

飛び下りて、下の地面に叩《たた》きつけられたら、何を着てたって同じことだ。

屋上へ上ると、春日は舌打ちした。

確かに見はらしはいいが、柵があるだけでなく、高さ二メートル以上の金網がずっと張りめぐらされていたのだ。

これじゃ、飛び下りるのが大変だ。

金網の所まで行ってみたが、これをよじ上るのは、容易ではない。

仕方ない。下へ戻ろう。外廊下の手すりは胸までの高さしかないから、乗り越えられるだろう。

それにしても、この金網は、この団地で飛び下り自殺した人がいて、それを防ぐために設置したのではないだろうか。

「申し訳ないな……」

と、春日は呟いた。

しかし、どう工夫してみても、本気で死のうと決心した大人を、止められるものではない。――そうだとも。

春日は金網の向うに見える風景を眺めた。その方向には、団地の外の緑が眺められた。雑木林が広がって、その中を自動車道路が貫いている。バスが一台、走って行くのが見えた。

下から子供の声が立ち上って来た。

覗いて見ると、わずかに団地の中の公園が見えて、そこに子供を連れた母親が何人か集まっている。

人がいた。――何となくホッとした。

飛び下りても、誰にも気付かれないのでは、何だかせつない。せめて、すぐ通報してくれれば……。

「何考えてるんだ……。後のことなんか、どうだっていい」

と呟く。

すると、ガタガタと、何か物音がして、振り向いた春日はエプロンをした若い女性が乳母車を押して屋上へやって来たのに気付いた。

そうか。——春日の乗ったエレベーターは十四階までしかなかったが、きっと屋上まで来るエレベーターが別にあるのだろう。

屋上には、洗濯物を干すパイプが置かれていて、その女性も、乳母車の下のスペースに洗濯物を入れたカゴを乗せていた。

「あ……。おはようございます」

春日に気付いて、その女性はちょっと会釈《えしゃく》した。春日も、ややあって、

「どうも……」

「あ、そうですね。『おはようございます』って時間じゃないですよね」

と、自分で気付いて笑った。「もう二時過ぎですものね」

「はあ。午後二時ですか、今？」

と、間の抜けた質問をした。

「たぶん……二時二十分くらいじゃないですか」

「そうですか」

その女性は空を見上げて、

「いやだ。もう少し晴れてるかと思ったのに」

と眉をひそめた。「ちゃんと見てから上って来るんだった……」

春日も空を見上げて、

「そう……。青空は見えないですね」

と言った。

「どうしようかしら……。降られたら困るし……」

迷っていると、乳母車の中で赤ん坊が泣き出した。「あら……。さっきオムツ、換えたばかりでしょ。どうしたの？」

赤ん坊を抱き上げて、お尻の辺りを触ると、

「あら、いやだ。ウンチしてる！　あの――すみません」

「え？」

「ちょっとオムツ換えて来ますので、これ、見ててもらえます？」

「はあ……」

呆気《あっけ》に取られていると、

「すぐ戻りますから！　よろしく」

と、赤ん坊を抱っこして、駆け出して行ってしまった。

「おい……」

春日は呟いた。「見ててくれ、って……。冗談じゃない！」

放っておくわけにもいかず、春日は主のいなくなった乳母車のそばに突っ立っていた。

全く……。飛び下り自殺しようって男に、何でこんなもの頼んで行くんだ！

女が戻って来るのを待っていたが、なかなか戻らない。

誰か来たらどうしよう？　乳母車のそばに立っている中年男って、何だか妙だろう。

「——え？」

ポツン、と何かが頭に当った。——まさか！

見上げると、灰色の空からパラパラと雨が落ちて来た。

「おい！　どうするんだ！」

乳母車を放っておいて、逃げ出そうかと思ったが——。

しょうがない！

春日は乳母車をガラガラと押して、あの女が走って行った方へと駆けて行った。エレベーターの建屋がある。

そこへ駆け込むと、同時にザーッと音をたてて雨が勢いを増した。

「どうなってるんだ？」

息を弾《はず》ませて、春日は思わず言った……。

「すみません、本当に」

と、コーヒーをいれて、女は春日の前に出すと、「屋上に干さなくて良かったですわ」

「まあ……そうですね」

「でも、あのまま置いといたら、乳母車の中も、洗濯物も、雨に降られてました。ありがとうございました」

「いや、まあ……別に」

春日は、その女の部屋で、コーヒーを飲むことになったのである。

2DKぐらいの作りで、奥の部屋には、オムツを換えてもらってご機嫌の直った赤ん坊が、スヤスヤと眠っていた。

外は、さっきほどの勢いではないが、まだ雨が降り続いていた。

「部屋の中に干した方が良さそうですね」

と、女は言った。「あの……私、松本弓江《まつもとゆみえ》と申します」

「はあ。春日です」

つい、名のってしまった。

「春日さんは何号室でいらっしゃるんですか？」

一瞬、何を訊《き》かれたのか分らなかったが、

「あ……。いや、僕はここにいるんじゃないんで……」

「あら、そうですか。じゃ他の棟に？」

「他というか……。よそから来たんです」

「じゃ、この団地の方じゃないんですか。まあ、私ったら、そんな方にとんでもないことお願いしてしまって」

と、松本弓江はおかしそうに笑った。

「はあ……。確かに」

つられて、春日も笑ってしまった。それくらい、彼女の笑いは明るくて自然だった。

「でも……屋上に何かご用が？」

と、弓江が訊く。

「用というほどのことじゃ……」

「ごめんなさい！　私ったら、立ち入ったことを」

春日としては、早いところコーヒーを飲み終えて失礼したいのだが、コーヒーが熱くて、すぐには飲めない。猫舌なのである。

春日は、何を話したらいいのか、よく分らず、部屋の中を見回して、

「いい部屋ですね」

と言った。

「2DKで。ここしか空いてなかったんです。この子と二人だから、もっと小さい部屋でも良かったんですけど」

「ご主人は……」

「私――いわゆるシングルマザーで」

と、ちょっと目を伏せて、「この子、充代《みつよ》っていうんですけど。今、六か月で」

「そうですか」

「別に、こうなろうと思ってなったわけじゃないんです。付合ってた男の人と別れて、その後にお腹《なか》にこの子がいるのが分って……。私って、うっかり屋なんですよね」

「じゃあ……その男の人にそう言えばいいのでは？」

と、素直に言ってみた。

「でも、彼には奥さんがいるんです」

「あ、なるほど」

そんな男もいるのか。――春日は、いささか腹が立った。

まあ、他人が口を出すようなことではあるまいが。

それに、他人のことなど言えた義理か。

すると――また赤ん坊が泣き出したのである。

「寝たばっかりなのに……」

と、春日が言うと、

「お腹が空《す》いたんです」

と、弓江が立ち上った。

春日は目をパチクリさせて、

「分るんですか？」

「分りますよ」

と、弓江は笑って、「泣き方が、オムツが汚れたときとは違います」

「はあ……」

そんなものか。春日の耳には、少しも違わないように聞こえるのだが。

「ちょっと失礼します」

弓江は部屋の襖を半分閉めると、赤ん坊――充代といったか――を抱き上げて、

「はいはい、おっぱいね」

すると、充代はじき泣き止んだ。

春日はそっと立つと、襖の向うを覗いてみた。――弓江はこっちに背を向けて座り、充代に乳を飲ませている。

「お腹が空いてたのね……。はい、一杯飲みなさいね……」

何てやさしい声だろう。——春日はその声に、胸が熱くなるのを覚えた。

生命。——あそこには、「生命」を育《はぐく》む営みがあった。

春日は椅子に戻って、コーヒーをゆっくりと飲んだ。

「——はい、また寝んねね」

弓江が戻って来て、「すみません、放っておいて」

「いや、僕はもう……」

「あの……どうかなさったんですか？」

弓江はびっくりしたように春日を見た。

春日の頰に涙が伝い落ちていたからだ。

「すみません！　気が付かない内に……」

と、急いでハンカチで涙を拭《ぬぐ》った。

「あの……そういえば、春日さん、屋上で何をしてらしたんですか？」

訊かれて、春日は嘘《うそ》をつく気になれず、

「飛び下りるつもりでした」

「まあ」

弓江が目を丸くする。

「でも……今、あなたが赤ん坊にお乳をやっているのをチラッと拝見して、思ったんです。僕がここまで生きて来たのは、自分の力じゃない。それを、勝手に断ち切っていいんだろうか……」

春日はまた涙の伝い落ちているのを感じたが、今度は拭かなかった。

「春日さん……」

「僕は恥ずかしい。大した努力もしないで、自分の思い通りにならないからって、死のうなんて考えたことが。――松本さん。あなたのおかげです」

「そんな……。やめて下さい」

と、弓江は言った。「私なんか……大した女じゃないんです。小さなバーで働いてるホステスなんですよ。お客の一人と、酔った勢いで、そんな仲になってしまって……。あなたに感謝されるような、そんな女じゃないんです」

「いや、あなたは働く母親です。それだけで立派なことです。僕なんか、四十八になる今日まで、人を愛したことも、命がけで守ったこともない。ただ、自分がツイてない、と世間を恨んでばかりいました」

「あ……」

弓江が時計を見て、「もう出勤時間だわ。あの――すみませんけど」

「はい、失礼します。何だか妙なことばかり言って、すみません」

春日は玄関へ出て、靴をはいた。弓江が見送りに出て来ると、春日はドアを開け、廊

下へ出ようとして、振り向いた。そして、

「お店はどこなんですか？」

と、春日は訊いた。

弓江は微笑《ほほえ》んだ。心から嬉《うれ》しそうな微笑だった……。

2　ロビーに響く調べ

一瞬、違うビルへ入っちゃったのかと思った。

毎日出入りしているのだ。そんなわけはない。

杉原爽香《すぎはらさやか》は、午後二時ごろになって、やっと勤め先の〈G興産〉のビルへと着いた。

朝から、電車で二時間近くかかる工場へ出向いていたのだ。

簡単に終るはずだった用件は意外に長引き、その工場の食堂でラーメンを食べて昼を済ませ、さらに打合せをして、やっと用が終ったのだった。

もちろん、他社との仕事は必ずしも予定通り進まない。そんなことは、爽香も承知している。

四十五歳になった杉原爽香である。

その爽香が、ビルへ入って面食らったのは、一階ロビーに人だかりがして、そこにどう聞いても生のヴァイオリンの音が響いていたからである。

このロビーでコンサート？　聞いたことないけど……。

そしてそのヴァイオリンの音色は、爽香の胸にしみ入って来た。

「あ、チーフ、お帰りなさい」

集まっていた人たちの中にいた久保坂《くぼさか》あやめが、爽香に気付いてやって来た。爽香の一番信頼する部下である。

「あやめちゃん、これって……」

「聞き憶《おぼ》え、あるでしょ。河村爽子《かわむらさわこ》ちゃんです」

「やっぱり？　まあ、どうして……」

曲が終って、拍手が響いた。

「社長が声をかけたんです、社員に」

「社長が？」

集まっていた人たちが散って行くと、ヴァイオリンをケースへしまっている爽子が見えた。

「爽子ちゃん！」

「あ、爽香さん！　聞いてくれたの？」

「最後の方だけね。知ってれば、もっと早く外出から帰って来たのに」

と、爽香は言った。「どうしてこんな所で？」

爽子も二十五歳になった。

ヴァイオリニストとして、海外の音楽祭にも招かれる、一流の演奏家に成長していた。

「急なことだったの。〈G興産〉の社長さんに頼まれて」

「社長ったら、何だったんだろう？　大体、当人は聞いてなかったの？」

「途中で呼ばれちゃったんです」

と、あやめが言った。

「私がお会いしたかったの」

と、爽子が言った。

「へえ。何の用だったの？」

——一緒にエレベーターで社長室のフロアへと上って行きながら、爽香は事情を聞いた。

都内の代表的なコンサートホールの一つ、Sホールが大晦日の夜に毎年開催している、年越しの〈ジルベスター・コンサート〉の企画に、爽子が加わっているのだ。

「で、〈G興産〉にも、スポンサーとして参加していただけないかと思って」

「そういうことなの。私にひと言、言っといてくれれば」

「ごめんなさい。でも、いつも爽香さんに甘えてばかりだから、申し訳なくて」

「爽子ちゃんも、もうベテランの音楽家なのね」

「今は、十代でも上手い子がいるしね。それで、社長さん、承知して下さったの」

「それは良かったわ」

「いいばかりじゃないですよ」

と、聞いていたあやめが言った。

「え？」

——社長室で、爽香はあやめの言葉の意味を知った。

「じゃあ、大晦日はよろしく頼むよ」

と、田端《たばた》社長は言った。

「は……」

スポンサーになるだけじゃないの？　爽香が振り向いて見ると、爽子はちょっと目をそらして、

「当日、スポンサー関係の受付をお願いすることになったの……」

と言った。

大晦日に仕事？

「〈M地所〉もスポンサーになってるんだ」

と、田端が言った。「うちで受付をやらないわけにいかないだろう」

「はあ……。分りました」

と答えざるを得ない。

社長室を出ると、

「ごめんね、爽香さん！」

と、爽子が謝った。「ご招待するから、明男《あきお》さんと珠実《たまみ》ちゃん」

「無理しなくていいわよ」

と、爽香は苦笑した。「大晦日っていっても、もうそんなに日にちがないわよね」

「Sホールの人と打合せしないといけないの。来週のどこかで」

「決ったら知らせて。もし私が行けなかったら、あやめちゃんを行かせる」

「よろしく」

と、爽子は言って、「あ、リハーサルがあるの、これから。じゃ、メールするね！」

と、小走りに行ってしまった。

「忙しそうですね、爽子ちゃん」

と、あやめが言った。

「そうね……。もうあの子も二十五かな。爽子ちゃん、って呼んじゃ失礼かもしれないわね」

でも、きっといくつになっても、「爽子ちゃん」だろう。その分、爽香も年齢《とし》をとっていくのだから……。

「それで、チーフ」

と、あやめが話を切り替えて、「明日の会議でのスピーチ原稿、作らないと」

「あ、そうか。でも――現地を見ないとね」

爽香は腕時計を見て、「一時間で行って来られるかなあ」

「写真、送ってもらいましょうか」

「いえ、やっぱり現地の空気を知らないと。――戻らなくても大丈夫?」

「じゃ、メールの返事を三つばかり決めて下さい。適当に返しときます。それ以外は別に……」

「じゃ、その線でお願い。いつも無理言って悪いわね」

爽香の言葉に、あやめは、

「どういたしまして。うちは夫婦揃《そろ》ってチーフのファンですから」

「まあ、光栄だわ」

久保坂あやめの夫は日本画壇の大御所、堀口豊《ほりぐちゆたか》である。堀口があやめに惚《ほ》れて結婚した。夫は六十歳年上の九十五歳。至って元気で、

「私の方が先に老けちゃいそう」

と、あやめが冗談に言うほどである。

「そうそう」

あやめが思い出したように、「今、主人が描いている絵の中に、チーフを登場させた

いって言ってます」

「え？　まさかヌードじゃないわよね」

「違いますよ」

爽香は、古い知り合いだったイラストレーターのリン・山崎《やまざき》のモデルになったことがある。そのときのヌードが、今も海外で話題になったりしていて、困っていた。

「ちゃんと服着てるんなら、どうぞご自由に」

と、爽香は言った。


ちょっとハラハラしたが、何とか遅れずにリハーサルの会場に着いた。

河村爽子は、控室には向かわずに、直接ホールへと入って行った。

「あ、河村さん、ご苦労さま」

と、会釈したのは、〈ＭＫオーケストラ〉のマネージャー、野田美里《のだみさと》。

爽子は、袖からステージへ出て行ったのだが――。

「休憩中？」

オーケストラが誰もいない。――椅子と譜面台は並んでいるが、メンバーが一人も見当らないのだ。

「それが……」

野田美里は言いにくそうに、「谷崎《たにざき》さんと、ちょっとあって……」

「なあに、ボイコット？」

爽子が目を丸くして、「どっちが？」

「両方、ですね。強いて言えば、谷崎さんが文句をつけたのを、オケが納得しなくて」

「ええ？　困っちゃうわね。私、今日リハができないと……」

「分ってます」

と、野田美里は急いで言った。「谷崎さんと話して、コンチェルトだけでもやってもらうようにしますから」

「よろしく」

と、爽子は言った。

オーケストラは人間の集まりであり、指揮者も人間だ。当然相性の悪い取り合せというものもある。

しかし、どちらもプロである。コンサートに、チケットを買ってやって来る客にとって、オケと指揮者の相性など、何の関係もない。

「でも、野田さん。谷崎さんのこと、よく知ってる？」

野田美里は、四十前後だろう。学校の教師のような印象の女性で、実際、元は音楽の教師だったと爽子は聞いていた。

ともかく、人柄は良くて、爽子ともメールのやり取りをする仲だが、やはり〈ＭＫオーケストラ〉のマネージャーである。谷崎と突っ込んだ話し合いができるだろうか。

「〈ＭＫオケ〉を振っていただくのは初めてで……」

それはそうだろう。だからもめてしまっているのだろうし。

「谷崎さんには私が話してみるわ」

と、爽子が言うと、美里は明らかにホッとした様子で、

「お願いできます？　こっちはオケを説得しますから」

「分ったわ。――谷崎さん、今どこにいるの？」

「外へ行っちゃったみたいです。たぶん、向いのパーラーにでも……」

「行ってみるわ」

爽子はヴァイオリンを持ったまま、ステージの袖へと入って行った。

「――そうか」

ホールの出口へと歩きながら、爽子は思わず呟いた。「大変だわ」

今日、爽香にＳホールの〈ジルベスター・コンサート〉のことを頼んで来たばかりだ。

〈ジルベスター〉には、もちろん爽子も出演するが、そこでの演奏は、〈ＭＫオーケストラ〉、指揮は谷崎なのだ。

まさか、こんなことになるとは思っていなかったのだろう。

〈ＭＫオケ〉は、プロのオケとして、かなりレベルの高い演奏をする、そして谷崎は本名を谷崎マルクスといって、父が日本人、母がドイツ人である。

端正な顔立ちの三十六歳。ＴＶにもしばしば登場している。

人気があり、しかも指揮の腕も評価が高いということで、Ｓホールが組合せを望んだのは分る。

ところが、それに先立つコンサートで初顔合せとなるはずが……。

もし、本当に折合いがつかなければ、〈ジルベスター〉の方は指揮者かオケか、どっちかを変えなければならなくなる。

「いやだわ……」

爽香に頼んで来たばかりなのに、〈ジルベスター〉で、トラブルでも起ったら……。

爽子は表に出ると、向いにあるパーラーへと急いだ。

3　身勝手

また……。

河村爽子は、パーラーの奥のテーブルで、山盛りのフルーツパフェを食べている谷崎マルクスを見付けて、ちょっと顔をしかめた。

しかし、何とか機嫌を直してもらわないと爽子のリハーサルができなくて困ってしまうのだ。

爽子は精一杯にこやかな笑顔を作って、そのテーブルへと歩いて行くと、

「よく胸やけしませんね」

と言った。

谷崎は顔を上げると、

「やあ、爽子ちゃん」

と、ニヤリと笑って、「ここのは、フルーツが程よく熟して甘いよ」

「フルーツパフェ評論家になれますね」

と、爽子は椅子を引いてかけると、「紅茶下さい。ストレートで」と注文した。

「甘いもの、食べないの？」

「嫌いじゃないけど、リハの前には」

「そのリハだけど……」

リハとはリハーサルのこと。爽子は今度の週末、谷崎の指揮、〈MKオーケストラ〉との共演で、ブルッフのヴァイオリン協奏曲を弾くことになっている。

「野田さんから聞きました」

「なら分るだろ。僕にだって、譲れないことがある」

「詳しいことは知らないんです。何でもめたんですか？」

「聞いてないのか。序曲でクラリネットの音程が悪いから注意したんだ。それでも直らないから、トップを替れと指示した。そしたらオケの連中が『納得できない』と騒ぎ出して……」

谷崎はほとんどパフェを食べ終っていた。

紅茶が来ると、爽子はそのまま一口飲んで、

「〈MK〉振るの、初めてでしょ？　少し様子を見たら？」

「爽子ちゃんには悪いが、あの調子で、ブルッフのリハはできない」

爽子だって、今夜も明日も別の仕事が入っている。今、リハができないと困るのだ。

しかし、妙だ。谷崎の言った通りなら、プロのオケである〈ＭＫ〉らしくない。オケには別の言い分がありそうな気がした。

「でも、谷崎さん、私も今日しか時間取れないんです。何とか――」

そのとき、谷崎の上着のポケットでケータイが鳴った。

「――ちょっとごめん」

谷崎は席を立つと、パーラーの表に出て、話し始めた。

爽子は首をかしげた。

谷崎は、店の中だろうが、打合せの最中だろうが、平気でケータイを使う。それも、よく通る声で、平気で話しているのだ。爽子は何度か見ている。

今、どうしてわざわざ店の外にまで出て行ったのだろう？　店は空いていて、いつもの谷崎なら周囲に気をつかったりしない。

爽子は立ち上ると、ウエイトレスに、

「すぐ戻るから」

と、声をかけて、店の出口へと向った。

こっちに背中を向けて電話している谷崎。自動扉が開いても、全く気付かないようだ。

「――ああ、もう十分くらいしたら出るからさ」

と、谷崎が言っている。「うん、先に部屋に入っててくれ。――大丈夫、コンチェルトの合せなんて、当日だってやれるよ。――うん、せっかくうまく都合つけたんだ。必ず行くから。――ああ、ルームサービスで食べよう」

爽子はそっと席に戻った。

あの口調。どうみても、相手は女だ。

そして、「十分したら出る」？　「コンチェルトの合せなんて、当日でも」？

要するに、たまたま時間ができた「彼女」とホテルで過すために、リハを早く切り上げたいのだ。

谷崎が独身で、女性関係が派手なことは知っているが、それにしたって……。

考えている内に、段々腹が立ってきた。

「――やあ、ごめん」

戻って来た谷崎は、ドッカと座ると、「お互い、少し頭を冷やした方がいいと思うんだ。今日でなくても、どこかで三十分くらいなら時間、作れるだろ？　何なら夜中でもいいよ」

「オケを夜中に呼び出すんですか」

「まあ……そうだな。じゃ、僕がピアノで合せとくから、細かい調整は当日で。爽子ちゃんほどの腕があれば、大丈夫だろ？」

爽子は少しゆっくりと紅茶を飲み干すと、

「私、出ません」

と言った。

「え？」

谷崎が目を丸くしている。「出ない？」

「私、充分な準備のできない演奏はしたくありません。もし本番で何かあったら、言われるのは私です。『河村爽子がミスをした』って言われるんです。誰もあなたの火遊びのせいだとは思わないでしょう」

谷崎が、さすがに目をそらした。

爽子は立ち上ると、

「あなたも、プロならプロらしく、やるべきことをやって下さい。――野田さんと話して来ます」

と、早口に言って、「紅茶代です」

千円札を置くと、さっさとパーラーを出た。

――ホールに戻ると、オケのメンバーが半分くらい席についていて、他の人もやって来ていた。

「河村さん、谷崎さんは？」

と、マネージャーの野田美里が訊いた。

「さあ……。話してはみたけど」

と、爽子は言った。「オケの方は……」

「何とか……。みんな、河村さんと共演するのを楽しみにしてるんです」

「ありがとう」

爽子は微笑んで、「何なら、谷崎さん抜きでリハやりましょうか」

「そうしてもらえると――」

と言いかけて、野田美里は、「あ、谷崎さん!」

爽子はびっくりして振り向いた。――本当に谷崎がやって来ていた。

「やあ」

谷崎は指揮台に上ると、「どうも。――初めまして」

と言った。

オケの面々が当惑している。谷崎は続けて、

「今日のソリストは、なかなか気の強い相手です。こっちも負けないように頑張りましょう」

と言って、谷崎は、「準備はいい?」

と、爽子を見た。

オケの方も、谷崎が「仕切り直し」をして、うまくやろうとしていることを感じたようだ。譜面をめくり始める。

爽子は微笑んで、ヴァイオリンを取り出すと、

「いつでもどうぞ」

と応じた。

少し厳しく言ってやったのが効いたのかもしれない。

野田美里がホッとした様子で、

「ありがとう」

と、爽子に小声で言って、傍へ退く。

あれ？　――爽子はふっと思った。

さっき、谷崎に意見していた自分を、どこかで見たことがあるような気がしたのである。

「じゃ、一ページめから」

と、谷崎が指揮棒を手にする。

「あ、そうか」

と、爽子は呟いた。

「どうかした？」

「いいえ。始めて下さい」

――私、真似《まね》してたんだ。杉原爽香さんの。

音楽がスタートした。


「ファックション！」

爽香は派手にクシャミした。

風邪ひいたかしら……。

「どうぞ」

ヒョイと、目の前にポケットティシューが差し出された。

駅前で、宣伝用に配っているティシューである。

それにしても、いいタイミングで、

「ありがとう」

と、爽香は受け取って、「使わせていただくわ」

と、すぐに一枚抜いた。

「使っていただいてどうも」

と、ティシューを配っていた男性が言って――。「ハクション！」

と、自分もクシャミをした。

爽香は、そのあまりのタイミングの良さに笑い出してしまった。男の方もハナをすすりながら笑って、

「こんな時期に、花粉症なんですよ」

と言った。「何のアレルギーなんだろう」

「大変ですね」

と、爽香は言った。「私はアレルギー、ないんですけど、大方誰かに噂《うわさ》されてるんですね」

「噂されるだけ立派ですね」

「立派？」

「そうですよ、僕なんか、四十八にもなって、ティシュー配りなんかやってる」

確かに、男はどう見ても爽香より年上。しかも、大分くたびれて見える。

「何の宣伝ですか？」

と、爽香はもらったティシューを見直した。

「遊園地です。〈Gランド〉」

「へえ、そんなの知らない」

「今度オープンするんです」

「あ、本当だ。書いてある。ちゃんと見てあげなきゃね」

「この近くってわけじゃないんです。ここからバスで五十分。人が来るのか、ってみんな言ってます」

「その〈Gランド〉の社員の方?」

「いえ、アルバイトです。つい一週間前に雇われたばかりで。オープンして、うまく人が来れば、〈Gランド〉の中で働かせてくれることになってますが、当らなきゃクビです」

「まあ。頑張って下さいね」

「どうも」

爽香が行きかけると、

「あの……」

と、その男が追って来て、「これ、よろしければ」

ポケットから取り出したのは、〈Gランド〉割引券。

「あら。でも……」

「もし、使われることがあれば、一人三百円安くなるだけですけど、一枚で三人まで有効なので、もしご家族でみえることがあったら……」

「じゃあ、いただいておきますね」

と、爽香は割引券をバッグへしまった。

そして、また「ハクション！」とクシャミをした男の方へ、

「お大事に」

と言って、駅前のバス停へと向った。

せかせかと小走りにやって来た若い男が、爽香とすれ違った。爽香は思わず足を止め、振り返った。

そのくたびれたジャンパー姿の若者は、まるで逃げているかのようだったからだ。

あの人、何かやって来たんじゃないかしら？　――爽香は直感的に思った。

「ワッ！」

若い男は、あのティシューを配っている男にぶつかって、

「フラフラしてるんじゃねえ！」

と、文句を言うと、小走りに行ってしまった。

「何だよ……」

ティシューを入れたカゴを腕にかけていたのだが、ぶつかった拍子に、中からティシューが二、三個飛び出してしまったのだ。

拾ったものの、汚れてしまったらしく、男は首を振って、上着のポケットへ入れた。

そして、「あれ？」という顔になると、ティシューを入れたカゴの中を覗いて、びっくりした様子。

カゴの中から取り出したのは、女ものの財布だった。

すると、そこへ、

「あの財布です！」

と、甲高《かんだか》い女性の声がして、警官と一緒にドタバタ駆けて来る太った中年女性がいた。ティシューを配っていた男性へと駆け寄ると、

「私の財布よ！」

と、財布を引ったくった。

「は……」

「現金……抜かれてないわ！　良かった！」

警官がその男に、

「君、どうしてこの財布を？」

と訊いた。

「知りません！　今見たらカゴの中に入ってて……」

「何してるんだね、ここで？」

「配ってるんです、ティシューを」

「このご婦人が財布をすられて、追いかけて来たんだが。――ちょっと話を聞かせてくれるか」

「え？　僕は何も……」

「仲間じゃないの？　ここで財布を受け取って――」

「とんでもない！　僕はただここで――」

「待って下さい」

と、爽香は声をかけた。「その人は関係ありませんよ」

放ってはおけなかった。その男、こんな状況にうまく対処できるようには見えなかったからだ。

「君は？」

「今しがた、この人からティシューをもらいました。ジャンパーの若い男が、この人にぶつかったんです」

と、爽香は言った。「そのとき、カゴの中に財布を入れて行ったんですよ」

爽香は、男が感謝の視線を向けてくるのが分った。

「まあいいわ」

と、女性は財布をバッグにしまうと、「私、急ぐの。何も盗られてないし、忘れることにするわ。どうも」

と、警官へ会釈して、さっさと行ってしまった。

「ちょっと、あんた！」

警官が呼び止めようとしたが、もう女性の姿は見えなくなっていた……。

「——ありがとうございました」

と、男は爽香へ深々と頭を下げた。「おかげさまで……」

「とんだ迷惑でしたね。でも、警官にははっきり答えないと、疑われてしまいますよ」

「そうでしょうね。どうも、僕は何でもはっきりしなくて……」

と、頭をかいて、「春日といいます。お礼をしないと——」

「そんなこと、いいんです。アルバイト、頑張って下さいね」

「はあ。ティシュー配るのも難しいですね。なかなか受け取ってもらえなくて……」

そこへ、

「春日さん！」

と、声をかけて来た女性。「ちゃんとやってる？」

「ああ、弓江さん。今、大変だったんだ。この人のおかげで助かった」

「何があったの？」

これ以上いたら、どんどん遅くなる。爽香は、

「それじゃ、私、これで」

と、ひと声かけて、急いでその場を離れたのだった……。

4　ひき逃げ

「チーフは人が好《よ》すぎるんですよ」

と、久保坂あやめが渋い顔で言った。

「成り行きで、仕方なかったのよ」

と、爽香は言った。

あの駅前での騒ぎで、バスに乗り遅れ、結局、社に戻るのが予定より一時間も遅くなってしまったのだ。

あやめに事情を話したら、叱られてしまった。むろん本気ではないが。

「何か伝言は？」

爽香は自分の席について、パソコンを眺めた。

「分るものは返事しときました。そこにメモが」

「ありがとう。助かるわ」

爽香は手元に来たメールをザッと見て、ほとんどにあやめが適切な返事をしておいてくれているのに感心した。

「——チーフの個人的発言まで創作しちゃってすみません」

「いいえ、どういたしまして。その内、あなたに乗っ取られちゃうかもね、私」

「大丈夫です。少なくとも、私には年中殺人事件に巻き込まれて喜ぶ趣味はありません」

「グサッと来ることを言うわね」

と、爽香は苦笑した。「さあ、明日のスピーチ原稿、やりましょ」

「夕ご飯に間に合いませんよ」

「分ってるけど……。仕方ないわ。明男に頼むわよ」

「今帰れば、七時過ぎには着きますよ」

「でも——」

「明日、一時間早く出て、私、下書きを作っておきますから、チーフは目を通して返して下さい」

「あやめちゃん……」

「珠実ちゃんに恨まれたくないですもの」

爽香は微笑んで、

「ありがとう。じゃ、私も一時間早く出て来るわ」

と言って、パソコンを閉じた。

「どうだい？」

と、春日は言った。「大分うまくなったろ？　オムツを換えるの」

「助かるわ」

松本弓江は大欠伸《おおあくび》して、「ああ……ちょっと飲み過ぎちゃった」

「体をこわすよ。あんまり無理して付合わない方が」

「でも、好きなんだもの、お酒。つい飲んじゃうのよね。だめね、本当に」

弓江は服を脱いで、「ああ……。帰って来て、部屋があったかいって、幸せだわ！」

「お風呂、まだ入れるよ」

と、春日は言った。「充代ちゃんは寝たばっかりだ。そうすぐにゃ起きないよ」

「ありがとう。じゃ、このままお風呂にザブンと浸るかな」

勤め先のバーから帰って来た弓江は、ウーンと伸びをした。

屋上から飛び下りようとした春日は、結局、松本弓江の部屋で一緒に暮すようになっていた。

もともと春日もアパートの一人暮しだったから、ここへ移ってくるのも簡単だった。

といって――二人は「恋人同士」というわけではなかった。いわば、春日が弓江の所の居候になっている、ということだったのである。

「僕は働く！」

と、春日は宣言して、そして今日、ティシュペーパーを配っていた、というわけだ。

「――ああ、気持いい」

お風呂から上ると、弓江はパジャマ姿で、「お腹空いちゃった」

「冷凍のオムライスならあるよ。食べるかい？」

「うん！」

弓江にとっては、まだやっと生後半年の充代の面倒をみてくれるだけでも、春日の存在はありがたい。加えて、春日はこまめに何でもやってくれる。

二十近くも年上の春日を何だかこき使っているようで、いささか申し訳ない気分だった……。

TVをつけると、深夜のニュース。

「またどこか大雨で洪水なのね。こういう団地ってどうなのかしら……」

「この辺は高台だろ」

「そうね……」

電子レンジで温めるだけにしても、春日が、

「さあ、どうぞ」

と出してくれるのが、弓江には嬉しい。

「いただきます」

と、スプーンを手に取る。

いただきます。ごちそうさま。

そんな当り前のことを、言っても今までは聞いてくれる人がいなかった。今、春日が聞いてくれている。

それが、思いがけないほど弓江をホッとさせてくれるのだ。

「——あら、ひき逃げだって」

と、ニュースを見ながら、弓江が言った。

「危いなあ。用心しないと……」

と、春日はＴＶへ目をやった。

「車にひかれたのは、佐原紀也《さはらのりや》さん、二十四歳で、信号のない横断歩道を渡ろうとしてひかれたものと——」

「あれ？」

と、春日はＴＶ画面に出た写真を見て言った。

「どうしたの？　知ってる人？」

「いや……。でも、どこかで会ったことがあるような……」

すぐにニュースは変った。

弓江はアッという間にオムライスを平らげてしまうと、

「——おいしかった！」

と、息をついた。「あなたは食べたの、ちゃんと？」

「うん。今日はティシュー配りの日当が出たんだ。それで駅の地下の定食屋で——」

と言いかけて、「あ！　そうだ」

と、声を上げた。

「どうしたの？」

「今の……車にひかれた男……。あのとき、女の人の財布をカゴの中へ入れて行った奴《やつ》だ」

「え？　じゃあ、あの人、スリってこと？」

「うん……。でも、あの財布、何も盗られてなかった、と女の人は言ってたけどね」

「じゃあ、何のためにすったのかしら？」

「さあ……」

春日に分るわけはなかったが、ともかくあの何とかいう男（もう名前も忘れていた）にあまり同情する気にはなれなかった。

そのニュースを爽香が見たのは、翌朝のことだった。

「確かなのかい？」

と、朝ご飯のとき、明男が言った。

「そんなによく見たわけじゃないけど、間違いないと思うわ」

と、爽香は言った。「珠実ちゃん！　ジャムがトーストからこぼれてるわよ！」

珠実が、テーブルに落ちそうになったジャムを素早く指ですくってなめた。その器用さに、爽香も笑ってしまった。

「ちゃんと、後で手を洗うのよ。——器用なところは、あなたに似たのね」

「どうかな」

と、明男は言って、「さて、もう行かないと」

「気を付けて」

爽香は珠実のことにかかり切りで、玄関まで見送りはしない。

玄関の方へ行きかけて、明男は振り向くと、

「おい、また危いことに巻き込まれないでくれよ」

「何よ、いきなり」

「今のひき逃げさ。放っとけばいいよ」

「ああ、何だ。——もちろんよ。私には関係ないもの」

「だったらいいけど。じゃ、行って来る」

「行ってらっしゃい！」

と、珠実が元気よく言った。

そして、珠実を学校へ送り出し、爽香はもちろん会社へ……。

本当なら、一時間早く出るつもりだったのだが、あやめが夜の内に原稿を作って、爽香のパソコンへ送って来ていた。

爽香が少しでも明男や珠実といられるように、あやめが気をつかってくれている。爽香は感謝していた。

そして昼休み、爽香がパソコンを立ち上げると、ニュースの中に、あの「ひき逃げ」事件が出ていた。

ブレーキをかけた跡がないので、「殺人の疑いもあるとみて」捜査しているという。

殺人。――しかし、なぜスリを殺すのだろうか？

考えてみれば妙な話だ。あのとき、スリは何も盗らずに、財布を春日の持っていたカゴの中へ放り込んで行った。

そして、あの女性は、財布の中をザッと見ただけで、名前も言わず立ち去った。あのスリもだが、女性の方も逃げるようにいなくなってしまった……。

午後の始業まで十分ある。――爽香は、朝の明男の言葉を忘れたわけではなかったが……。

パソコンで〈Gランド〉の電話番号を調べた。――アルバイトを雇っているセクションにつながるまで、少々手間取った。

「――春日ですか？」

と、男の声が面倒くさそうに、「ああ、駅前のティシュー配りをやってた」

「そうです。連絡取れますか？」

「今日、辞めさせました」

「え？」

爽香はびっくりして、「どうしてですか？」

「警察がね、何か訊きたいことがあるって言って来たんですよ。こっちはオープンを控えてるのに、そんな厄介《やっかい》ごとに係《かかわ》ってる暇はないので、クビにしました」

「待って下さい。春日さんが何かしたわけじゃありませんよ。それでクビって……」

「あんた、どなたです？」

あやめの作ってくれたスピーチは効果的で、むろん爽香も手は入れたが、会議は順調に終った。

「――ああ疲れた」

席に戻って、爽香はぐったりと休んだ。

順調とはいえ、四時間の会議はくたびれる！

「チーフ、お疲れのところ……」

と、あやめがやって来た。

「ああ、ありがとう。良かったわ、あのスピーチ」

「チーフの力ですよ。それよりお客様です」

「誰？　約束あったっけ？」

「春日さんという方です」

「春日……。ああ！　応接にお通しして」

「応接でお待ちです」

何でも呑み込んでいる部下というのも、言うことがなくて困る。

「コーヒー、出してあげて」

と言っておいて、爽香は立ち上った。

応接室へ入って行くと、

「ああ、これは……」

と、春日がソファから立ち上った。

「どうぞお座りになって。よく分りましたね、ここが」

「杉原さんが、〈Gランド〉の人にかけ合って下さったので、何とかクビがつながりました。本当にお礼の申しようも……」

「そんな大そうなことでは……。でも良かったわ」

「刑事さんが来て、いくつか訊かれただけで、問答無用でクビですから。――途方に暮れてました」

「あのとき、あなたのカゴに財布を放り込んで行った若い男、車にひかれて――」

「TVで見て、びっくりしました。殺されたんじゃないかと思われているらしいです」

「刑事さんは何か言ってましたか?」

「いえ、あのとき、お巡りさんに名前や〈Gランド〉のことを話しておいたので、訊きに来ただけだと……」

「あの男、ただのスリじゃなさそうですね」

「ええ、私もそう思いました。でも……」

あやめがコーヒーをいれて来てくれた。

春日は少しの間、口をつけずにいたが、

「杉原さん。私みたいな、失業者同然の人間を、こんな応接室に……。しかもコーヒーまで出して下さって……」

と、声を詰まらせる。

「誰にでも、お客ならこうしますよ」

と、爽香は言った。「さ、どうぞ。あの部下は、コーヒーのいれ方にうるさいんです」

「いただきます」

一口飲んで、春日はため息をついた。「――旨《うま》い！　いや、おいしいです」

爽香は春日のその様子に、少々係って良かったと思った。だが「少々」で済むのかどうか、このときは何も分っていなかったのだ……。

5　ポケット

着替えがない。

ということは、毎日同じ服を着ていなければならないということだ。

「別に立派な格好しなくたっていいんだし……」

と、春日は言ったが、

「あのね、毎日同じしわくちゃの背広を着てったら、またクビになるわよ！」

と、松本弓江は無理やり春日を引張って、安売り紳士服の店へ連れて行った。

「だけど、金が……」

「私が買ってあげる！」

「そんな、申し訳ないよ。ただでさえ君のアパートに居候させてもらってるのに」

「あなたが課長にでもなったら、返してちょうだい。ともかく、そのズボンなんか、膝が抜けちゃってるじゃないの」

そう言われてみると、春日も自分の背広が相当にひどい状態であると認めざるを得なかった。

「いらっしゃいませ」

と、女店員が寄って来ると、弓江は、

「この人に合うサイズの背広を見せて。二着で安くなるのってない？」

「それでしたら、奥の〈特別セール〉の方で。二着で一万円引き、三着で二万円引きです」

「三着で……。でも、まあ取りあえず二着でいいわ」

春日は呆然《ぼうぜん》としていたが、

「もったいないよ、二着なんて」

と、弓江をつついた。

「いいの！　ともかく今着てるのは処分してもらうのよ」

ベビーカーの充代が「ワア」と言った。

平日だが、〈Gランド〉は休み。そして弓江は夕方から出勤すればいい。

というわけで、充代をベビーカーに乗せて、珍しく一緒に出かけて来たのである。

「処分って、捨てちゃうのかい？」

と、春日が不安げに、「そんなもったいないことして、バチが当らないかな」

「そこまで着古した背広なんて、誰ももらってくれないわよ」

やった。

有無を言わさず、弓江は春日に「二着で三万円」の「一万円引き」というのを選んで
「二着ないと、一つをクリーニングに出してる間、着るものがないでしょ」

「まあ……そうだね」

試着室で着てみると、ズボン丈もちょうどで、直す必要がなかった。二着とも、そっくりな紺色。無難、ということだろう。

「じゃ、ごめんなさい、この人の着てたの、処分してくれる？」

と、弓江は女店員に言った。

「かしこまりました。ポケットなどに何も入っていませんね」

「さっき、ちゃんと出したわ。大丈夫」

弓江は現金で払うと、

「お向いの〈M〉でコーヒー一杯、タダです」

という〈サービス券〉をしっかりもらった。

一着を袋に入れてもらい、一着は着たままで、店を出る。

「せっかくだから、そこでハンバーガー、食べて行きましょ。遅いお昼で」

充代は珍しくスヤスヤスヤと気持良さげに居眠りしている。

「――ありがとう」

と、空いていた椅子席にかけると、ハンバーガーを食べながら、春日が言った。「給料が入ったら、食事おごるよ」

「気をつかわないで。私の方こそ助かってるのよ。この子の面倒もみてくれるし、お風呂の掃除もしてくれるし」

「家賃の代りだよ」

と、春日は言った。

実際、自分のアパートでは、春日は面倒がって、ろくに掃除もしなかった。今は、弓江が喜んでくれることが嬉しい。

「この間、同じバーの子が、あなたと歩いてる私を見たんですって」

と、弓江はタダのコーヒーを飲みながら、「『いつ結婚したの？』って訊かれたわ」

「へえ。そんな風に見えるのかな」

と、春日は笑って、「親子に見えなくて良かった」

すると、そこへ、

「あ、いらしたんですね！　良かった！」

と、店へ駆け込んで来たのは、あの紳士服店の女店員。

「あら、何か忘れたかしら？」

「上着のポケットにこれが」

と、女店員は小さな鍵を差し出した。

「え？　ちゃんとポケット見たけど」

「ポケットに穴があいてたんです。で、裏地に引っかかってて」

鍵を受け取って、

「ありがとう、わざわざ」

と、弓江は言った。

「いいえ、良かった。もしかしたら、ここにいらっしゃるかと思って」

と、女店員はニッコリ笑って、店に戻って行った。

「――これ、何の鍵？」

と、弓江が春日に訊いた。

「ええ？　見たことないよ」

と、春日はその鍵を手に取って、「前の部屋の鍵はちゃんと返したし……。それにこんな鍵じゃなかった」

「これ、部屋の鍵じゃないみたいね」

小ぶりの鍵で、プラスチックの札が付けてある。札に〈R252〉とあった。

「コインロッカーの鍵じゃない？」

「ああ、そうかも……。でも、そんなもの、使ったことないよ、僕は」

「そう……。妙ね。じゃ、どうしてあなたの上着に入ってたのかしら?」

弓江は鍵に付いている札を裏返すと、「文字が入ってる。〈宿〉の字が丸で囲ってあるわ。そして〈東1〉って」

「〈宿〉って、新宿のことかな」

「きっとそうね。〈東1〉って、ロッカーの場所ね、たぶん」

弓江は肩をすくめて、「ともかく捨てるわけにもいかないわね。取っときましょ」

と、鍵をバッグへしまった。

「おっと、起きたぞ」

目を覚ました充代が、泣き声を上げそうになった。

「はい、ミルク、ミルク」

弓江が急いでバッグから哺乳《ほにゅう》びんを取り出した。

充代が派手な泣き声を立てる前に、ミルクをやることができた。

「飲ませたら、帰りましょ。夕飯のおかずを途中で買って行くわ」

すでに、手順の決った「日常」が、二人の間ででき上っていた……。

「あれ? おばちゃん、これは?」

と、声を上げたのは甥《おい》の杉原涼《りょう》。

「どうかした？」

台所でいためものをしていた爽香は、チラッと涼の方へ目をやった。

そこへ、

「ただいま！」

と、珠実の手を引いて、岩元《いわもと》なごみが帰って来た。「爽香さん、サラダのパック、安かったんで買って来ました」

「ありがとう」

「手伝いますよ。すぐ手洗って来ますから」

なごみは洗面所に行って手を洗うと、台所に爽香と並んで立った。

――日曜日の夕方。涼となごみがやって来て、一緒に夕食をとろうというところである。

「今、何時ぐらい？」

と、爽香が手を止めて訊いた。

「五時を少し過ぎたところ」

と、涼が言った。「ね、このチラシ――」

「お母さん、さっき駅から電話あったから、そろそろバスで着くと思うわ。涼ちゃん、迎えに行ってくれる？」

「分った」

「私も行く！」

と、珠実が言って、早々と玄関へ。

「車に気を付けて！」

と、爽香は声をかけた。

涼と珠実が出て行くと、

「すみません、ご飯食べに来ちゃって」

と、なごみが言った。

「いいのよ。明男は今日は夜遅くでないと帰って来ないし。にぎやかな方が、珠実ちゃんも喜ぶわ」

と、爽香は言った。「あ、大きなお皿、出しといてくれる？」

「はい」

勝手が分っているなごみは、食器戸棚から大きめの皿を取り出した。

――この春、大学を卒業した岩元なごみは、写真の配信サービスをする外資系企業に就職した。中学のころからずっと勉強して来た英会話で、外国との連絡、交渉に役立っているのだ。

一方、一緒に卒業した涼の方は、写真部のイベントで世話になったプロのカメラマンの口ききで、カメラマンを抱える事務所に勤めている。といっても、むろんプロのカメラマンとしてではなく、事務と、カメラマンの助手を兼ねていた。

二人、どちらも高給取りとは言いかねたが、なごみの方が、涼のほぼ二倍の給料。

「涼ちゃんを見捨てないでね」

と、爽香が冗談半分で言ったのだが、

「私も、その内カメラマン、目指しますので」

と、なごみは宣言した。「いいライバルです」

そういう状況の中、涼はもちろん爽香の実家から通っているが、なごみも週末にはよく杉原家へ行って、爽香の母、真江《まさえ》を手伝っている。

今夜は涼と二人、同じ〈杉原家〉ながら、爽香の所へやって来ていた。真江も、孫の瞳《ひとみ》と一緒に来ることになっているのだ。

真江は去年息子の充夫《みつお》を亡くして、看病からは解放されたが、やはり気落ちしていた。充夫の子、涼と瞳が、できるだけ真江を外へ連れ出すようにしていた。

「綾香《あやか》さんは今日も仕事なんですか?」

と、なごみが訊いた。

充夫の長女・綾香は、評論家の高須雄太郎《たかすゆうたろう》の秘書として忙しく駆け回っている。土曜も日曜も休めないことが多い。

「そうなの。今日は大阪ですって」

「高須先生のお供ですか」

「イベントの打合せだって言ってたわ。もう、かなり高須さんから任されてるのよ、綾香ちゃん」

「大したもんですね」

「でも、あんまり無理しないでほしいんだけど……。もちろん、まだ三十だから、若くて元気だけど、今は頑張れても後で体に出るから……」

綾香も、自分の収入が、祖母真江と、涼、瞳の生活を支えていることを承知しているので、きちんと検査などは受けているようだ。

それでも完璧ということはないのだから……。それに、三十歳になった今、恋人らしい男性がいないようなのも気になる。

綾香に、もっと「人生を楽しむ」という余裕を持ってほしい、と爽香は願っていた。

「――ただいま！」

玄関から、珠実の元気な声が聞こえて来た。

「そういえば、涼ちゃん、さっきチラシがどうしたとか言ってなかった？」

にぎやかな夕飯の途中で、爽香は不意に思い出した。

「あ、そうだ」

涼も忘れていたようで、「あそこに、Sホールの〈ジルベスター・コンサート〉のチラシがあったから」

「大晦日のね。〈G興産〉が協賛することになってね、十二月三十一日にSホールのお手伝いに行かなきゃならないの」

「へえ！　爽子ちゃんも出るんだよね」

「涼ちゃん、何か関係あるの？」

「うん。あのコンサートのツイッター用の写真を撮る仕事、頼まれてる」

「まあ、偶然ね」

「僕が撮るんじゃないよ。うちの事務所が頼まれてるってこと」

「はい、ご飯、おかわりでしょ」

と、なごみが涼の茶碗が空になるのを見て手を出した。

「あ、頼む。――でも、僕もたぶんリハーサルの撮影に助手で付いて行くよ」

と、涼は言った。

「まあ。じゃ、Sホールで会うかもしれないわね」

と、爽香は言った。「爽子ちゃんが、明男と珠実ちゃんを招待してくれるって言ってたわよ」

「わあ、コンサート！」

と、珠実が手を打って、「お母さん、居眠りしないでね」

みんなが大笑いした。

「――お母さんは受付やってるから、客席にはいないのよ」

と、爽香が言うと、

「何だ」

と、珠実がつまらなそうに、「お母さんのこと、つねってやろうと思ったのに」

爽香は苦笑して、

「本当に、どんどん生意気になって……」

と言った。

「珠実ちゃん、あんまりお母さんをいじめちゃだめよ」

と、なごみが言うと、珠実は、

「大丈夫。お母さん、心の中じゃ喜んでるんだから」

と、澄まして言った……。

6 荷物

「ここね……たぶん」

弓江は手にした鍵を見直した。〈宿〉の〈東1〉〈R252〉。

もちろん、これでコインロッカーが開けられたとしても、その中身は弓江のものではない。春日も全く覚えがないと言っている。

しかし、どうしてこの鍵が春日の上着に入ったのか。

後になって、弓江は思い付いたのだ。あの車にひかれて死んだスリのことを。

あのスリが、女性の財布を春日の手にしたカゴの中へ入れたとき、この鍵をポケットへ入れていたのではないか。

腕のいい、職業的なスリなら、それぐらいのことはやりそうな気がする。

でも、弓江は春日に何も言わなかった。ただの思い違いなのかもしれないのだし……。

ただ、一旦そうかもしれないと考えてしまうと、こうしてやって来ずにいられなかったのだ。弓江は好奇心が強かった。

いいわ。——開けてみて何か入っていたら、交番へ届けるだけのことだもの。でも、いざ鍵を差し込むときは、ちょっとドキドキした。別に悪いことをしてるわけじゃない。そうよ。

鍵は鍵穴にしっかり納まった。そして回してみると——カチャリと音がして、開いたのである。

やっぱり！　自分の読みが当って、弓江はワクワクした。

そっとロッカーの扉を開けてみると……。

入っていたのは、黒い布のバッグだった。大きめで、ロッカーに少し押し込まれるように入っている。

「何かしら……」

弓江はバッグを取り出した。ずっしり重い。何が入ってるんだろう？

その場で開けて中を覗くのも、何だか気が咎《とが》めて、バッグを手に、そのコインロッカーから立ち去った。

しかし、何しろ新宿駅である。人のいない所で開けてみようと思っても、どこもかしこも、人、人、また人……。

弓江は目の前のデパートに入って、女子トイレを探した。

あった！　中に入ると、母親が赤ちゃんのオムツを換えている。

仕切りの中に入ると、弓江は便器の上にバッグを置いて、息をついた。

いつの間にか汗をかいていた。我知らず緊張していたのだろう。

さあ……。何が入っているのか。

弓江は、ちょっと呼吸を整えてから、バッグのファスナーを開けた……。


「どうかしたの？」

と、春日に訊かれて、弓江は、

「——え？　何が？」

と、ついぼんやりしていた自分に気付いた。

「何だか、考えごとしてるみたいだ。お店でいやなことでもあったのかと思って」

「そんなんじゃないのよ」

と、弓江は笑って見せて、「あ、そっちへ行っちゃだめ！」

充代はこのところ、「這《は》い這い」で、あちこち移動するのが面白くてたまらないらしい。少しもじっとしていない。

「いや、赤ん坊って、疲れるってことがないみたいだね」

と、春日は言った。

勤めているバーから帰って来た弓江と、遅い夕飯。

春日は明日、午後からの仕事だ。

「どうなの、〈Gランド〉？」

と、弓江が訊いた。

「PRに必死だな。オープンが近いから」

「人は一杯来そう？」

「どうかな。お天気にもよるだろ。初日が大雨だったりしたら、目もあてられない」

「雪は降らないでしょうけどね」

と、弓江が言うと、

「雪か！　——そいつは考えなかった」

「まさか……」

と、弓江は笑ったが……。

もちろん、弓江がぼんやりしていたのは、あのバッグの中身のことを考えていたからである。

弓江の目は、知らず知らずの内に、バッグをしまい込んだ押入れの方を向く。

——どうしよう？

あれは何のお金なんだろう？

バッグを開けて中を覗き込んだとき、弓江は心臓が止るかと思った。

バッグの中には、札束がどっさり詰め込まれていたのだ。しばらく身動きもできなかったが、やっとの思いで震える手で札束を一つ取り出してみた。

そしてパラパラとめくってみて――がっかりした。

一万円札は、束の両面、見えている一枚ずつだけで、中はすべて一万円札の大きさに切り揃えた白紙だったのである。

他の束も、いくつか手に取ってみたが、どれも同じだった。

拍子抜けしながらも、同時にホッとしていた。これが全部本物の札束だったら、一束百万として、数千万円にもなる。

いや、もちろん、一つの束につき、一万円札二枚としても、何十万円かにはなるのだが、といって、これが自分のお金でないことに変りはない。

持ち帰って、押入れにしまったものの、本当はこんなことしちゃいけないのだ、ということは分っている。

でも……。

日々の暮しは楽ではない。たとえ数十万円でも、あればどんなに助かるか。

けれども、一枚でも使ってしまったら、それは犯罪になる。

それに――もともと、何のために、こんな見せかけの札束が用意されていたのだろう？

よく、TVのサスペンス物であるような、誘拐事件の身代金だろうか？　もしそうだとすれば、弓江が持ち出してしまったことで、人質《ひとじち》が助からない、ということだってあり得る。

やはり届けるべきなのだろうか……。

また、ついぼんやりしていたらしい。

「疲れてるんだ。早く寝た方がいいよ」

と、春日が言った。「お風呂、僕が入れようか」

充代も、すっかり春日とお風呂に入るのに慣れている。

「そうね……。そうしてくれる？」

「じゃ、お湯を入れよう」

面倒がることもなく、パッと立って行く春日を見て、弓江は思う。

ああ、何ていい人なんだろう。

そう。あの人を妙な事件に巻き込んじゃいけない。やっぱり、あのバッグは警察へ届けることにしよう。

心が決ると、気が楽になった。

弓江が食事の後片付けをしている間に、春日が充代をお風呂に入れる。お風呂から、充代が「キャッキャ」と笑っている声が聞こえていた。

もうあんなに笑うんだ。子供って、どんどん大きくなる……。

でも、何だかふしぎなことに、弓江は春日を男として見られない。向うも、弓江が風呂上りに裸でいてもどうってことない様子だ。

そして、この状態が、弓江にとっては何とも居心地が良かったのだ。

――春日が充代を弓江に渡し、弓江はタオルで充代を拭いてやる。

充代はお風呂が大好きで、出てくるとたいていスッと眠ってしまう。

「――ご苦労さま」

風呂を上った春日へ、弓江は言った。「充代、もう眠ったわ」

「いや、やっと赤ちゃんにも慣れて来たよ」

と、真赤な顔をして、「前は、ちょっと力入れたら壊れそうな気がして、怖かったけど」

「大丈夫よ」

と、弓江は笑った。

「お湯が冷めない内に入ったら？」

「ええ、そうね」

「あ、それと……。〈Gランド〉のオープンの前、二日間は向うで泊り込みになりそうだよ」

「まあ、大変ね。でも――それって……」

「うん。正社員になれそうだってことさ」

「良かったわね！」

「頑張って客を呼ばないと。チラシをこの団地の郵便受に入れようかな。勝手にやると怒られる？」

「そうね。前もって断っておかないと。自治会の役員やってる奥さんに訊いてみるわ」

「よろしく」

――弓江がお風呂に入ると、春日はパジャマ姿でTVをつけて、ニュースを見た。

あのスリが死んだ事件は、その後何の続報もなかった。殺人か事故かもよく分っていないので、警察もそう本気で調べていないのかもしれない……。

春日は自分でインスタントのコーヒーを作って飲むと、TVのチャンネルを変えた。どっちもニュースだ。

「――へえ、幼児誘拐《ゆうかい》か……。可哀そうに。ひどいことする奴がいるもんだな」

今の春日には、充代のように「守ってやらなければいけない、小さな存在」のことが、愛おしくてたまらないのである……。

コンサートの後半はブラームスの交響曲第一番だった。

ティンパニの連打の冒頭がホールの中から洩《も》れ聞こえてくる。

「――お待たせしました」

紺のスーツの女性が、Sホールのロビーに出て来る。

「いえ、少しも」

と、爽香は言った。

「始まってしまえば、もうほとんど仕事はないので」

と言ったのは、このSホールの支配人、中垣宣子《なかがきのぶこ》である。

「何かお飲みになりません？」

と、中垣宣子は言った。

「はあ……」

「ここのコーヒーは結構こだわってるんです」

「ではいただきます」

休憩時間はにぎわうドリンクコーナーも、演奏中は暇だ。

コーヒーを二つもらって、中垣宣子と爽香は、隅の椅子にかけた。

「いい香りですね」

と、爽香は言った。

味もいい。休憩時間に立ち飲みするのはもったいないようだ。

「〈ジルベスター〉のことでは、お手数かけますが、よろしく」

と、中垣宣子は言った。「何しろ、このホールも自前の人間は少ないので」

「はい、承知しています」

と、爽香は言った。「それで、受付は何人いればいいでしょうか」

「そうですね……。お預り分のチケットをお渡しするのは大した手間ではないのですけど、今は、ご招待枠にご高齢の方がかなりおいでです。客席内のご案内は、こちらでいたしますが、受付から入口まで付き添っていただくことがあると思いますので、少し余分に人手が……」

「分りました。お客様の顔が分る者を、私を含めて三人用意して、他に動ける人間を三、四人」

「ええ、充分だと思います」

中垣宣子は肯《うなず》いて、「杉原さんは、とてもきびきびと仕事をされる方だと伺ってます」

「そんな……。口やかましい、ってことでしょうか」

中垣宣子はちょっと笑って、

「こういうホールでは、突発的なことが起ったときの対応が大切なんです。特に、演奏途中で気分の悪くなられるお客様が、このところ増えていて」

「分ります。河村爽子さんからも聞いています」

「河村さん、いい娘さんですね。音楽家って変った人が多いですけど、あの人は、とても常識があって……。杉原さんのことを、とても尊敬してるっておっしゃってましたよ」

「そんなこと……。小さいころから、ずっと知っているだけです」

と、爽香は言って、「——何かあったんでしょうか」

ホールの重い扉が開いて、案内係の女性が駆け出して来る。

「中垣さん！」

「どうしたの？」

「評論家の古屋《ふるや》先生が倒れて——」

中垣宣子はコーヒーカップをカウンターへ置くと、

「救急車！　車椅子を！」

と、入口の辺りにいた男性社員に鋭い声で指示した。

「お手伝いしましょう」

爽香は中垣宣子と一緒に、ホールの中へと入って行った。

演奏は続いているが、場内は異変に気付いて落ちつかない。

爽香も顔ぐらいは知っている音楽評論家だった。もう八十代の半ばだろう。

椅子から体が半ばずり落ちて、意識を失っている様子だ。

男性社員が車椅子を持って来る。爽香は手伝ってその評論家を車椅子に座らせると、一番近い扉からロビーへ出た。

「──すみません、杉原さん、手伝わせてしまって」

と、中垣宣子が言った。

「救急車はどこに着くんですか？」

「ホールの裏側です。後はやりますから」

「でも心配です。救急車に乗るまで……」

ロビーから楽屋口を抜けて、裏手に出る。

救急車はすぐやって来た。

「あなた、ついて行って」

と、中垣宣子は男性社員に言った。「私はご家族へ連絡する」

「はい！」

──救急車が走り去ると、中垣宣子は息をついて、

「あの先生、奥様を亡くされて、お一人なんですよね」

と言った。「確か息子さんの連絡先が……」

ケータイを手に取る。

「大変ですね」

と、爽香は言った。

「週に一度くらいは、こんなことがあります」

中垣宣子はそう言ってため息をついた。

——人ごとじゃない。爽香も、ついそう思ってしまうのだった……。

7 混濁

「だめだわ」

Sホールの支配人、中垣宣子は、ケータイを持ち直すと、首を振った。

「つながらないんですか？」

そばにいた爽香は、つい訊いていた。

「息子さんのケータイへかけたんですけど、番号が変ってるようです。息子さんは古屋芳夫《よしお》さんといって、ピアニストなんですけど、クラシックの人ではないので、事務所とか分らないんですよね」

コンサート中に倒れた音楽評論家、古屋八郎《はちろう》は、救急車で運ばれて行った。

「息子さんと同居されていないんですね？」

「ええ、そのはずです。古屋先生は、息子さんがクラシックを嫌って、ジャズピアノの方へ行かれたので怒ってしまわれて……」

「古屋八郎さんのケータイは――。そこにたぶん息子さんの番号が」

「そうですね！　でも――バッグのような物は持ってらっしゃらなかったわ。ポケットでしょうか」

今は救急車の中だ。

「それじゃ、息子さんのお宅の電話番号を調べては？　ケータイでなくても、たぶん――」

「そうですね！　つい、家にも電話があるってことを忘れそうです」

今はケータイしか持たないという人間もいるが、ピアニストという職業なら、留守番電話やファックスを持っているだろう。

中垣宣子は、音楽雑誌の編集長に電話して、古屋芳夫の家の電話番号を訊き出した。

「これでやっと……。出てくれるといいけど」

そばにいる爽香の耳にも、呼出し音が聞こえた。そして、

「あ、もしもし――」

と、中垣宣子が言いかけると、向うがいきなり、

「あの子は無事なのか！」

と怒鳴《どな》ったのである。

宣子が愕然《がくぜん》としていると、

「あなた、やめて！」

と、女性の声がした。「冷静になって！」

「息子に傷一つでもつけてみろ！　生かしちゃおかないぞ！」

と、男性は声を震わせている。

宣子が言葉を失っているのを見て、

「私が話しましょう」

と、爽香は言って、ケータイを受け取ると、「古屋芳夫さんでいらっしゃいますね。こちらはSホールの者です」

と、穏やかに言った。

「――何だって？」

少し間があって、当惑した声がそう言った。

「Sホールで、先ほどお父様がコンサート中に倒れました。救急車で病院へ向ってお られます。Sホールの中垣さんと代ります」

「あの……失礼しました。父が……」

「古屋さん。中垣です。以前、お目にかかって……」

爽香はケータイを中垣宣子に返した。

「はあ。憶えています。どうも……あの……」

「古屋先生が意識を失われているようで。病院がどこになるか、まだ分らないのですが」

「それは……お手数をかけて、すみませんでした」

向うも動揺している。

爽香は、宣子へ小声で、

「早く切った方が」

と言った。「改めて連絡を。奥様のケータイ番号を伺って」

「はい。——あの、改めてご連絡しますので、よろしければ奥様のケータイ番号を教えていただけますか？」

向うが番号を言うのを、宣子はくり返した。爽香はボールペンで自分の左手の甲にその番号をメモした。

「——では、改めまして」

宣子は通話を切って、大きく息をついた。

「この番号、登録を」

と、爽香は左手を見せた。

「ありがとうございます！　私もあわててしまって……」

「古屋芳夫さんは電話を待っておられるんですね。ですから早く切らないと、もし話している間にその電話がかかって来たら……」

「そうですね。今のは……」

「誘拐犯からかかって来ることになっているのではないでしょうか」

「そう思われました？　あの言い方は確かに——」

宣子のケータイが鳴った。急いで出ると、

「中垣さんですか」

と、他の男の声がした。「N署の者です。今、古屋さんへお電話を——」

「はい、かけました」

「お察しかと思いますが、古屋芳夫さんのお子さんの邦芳《くによし》君が誘拐されて、犯人からの連絡を待っています」

「大変ですね」

「今の話は、どうぞご内聞に」

「はい、分りました」

と、宣子は言った。「無事に戻られるといいですね」

「全力を尽くしています。では、どうかよろしく」

「かしこまりました……」

宣子は息をついて、「——同じときに、こんなことが」

「そうですね」

爽香は肯いて、「中垣さん、私、これで」

「はい！　すみませんでした」

「いえ、とんでもない」

ホールの玄関まで出て、宣子は、

「――杉原さん、とても落ちついていらっしゃいましたね」

と言った。

「私、こういう状況に慣れていて……」

「はあ」

「では、失礼します」

と、爽香は行きかけて、ちょっと足を止めたが、すぐにそのまま地下鉄の駅へと向った。

そして、駅への階段を下りると、そこのトイレに入って、洗面台に向いた。

――こんなこと、私とは関係ないんだわ。

そう思って、手の甲にメモした電話番号を洗い落とそうとしたが――。

つい、自分のケータイに、そのメモした番号を登録し、それから古屋芳夫の自宅電話の番号も記憶していたので、一緒に入れた。

そして、ちょっと首を振ると、

「まさか、私は係るわけ、ないよね……」

と呟いて、手を洗った……。


「あなた……」

と、古屋真知子《まちこ》は言った。「どうするの？」

「何がだ」

と、古屋芳夫は苛立った声を出した。

「お義父《とう》様のこと。病院が分ったら――」

「行ってられるか！」

と、古屋芳夫は怒鳴った。「邦芳の命がかかってるんだぞ！」

「分ってるわよ、そんなことぐらい」

と、真知子は言い返した。「ただ、あなたのお父様だから――」

「心配してるさ。当り前だ。しかし今はどうにもできない。そうだろ？」

「ええ……」

「怒鳴って悪かった。――親父《おやじ》はもう八十五だ。どうかなっても仕方ない。邦芳はまだ五つ……五歳なんだぞ……」

「ええ。――ええ、よく分ってるわ。私は母親よ。あの子のためなら、何でもするわ」

真知子は夫の肩に手をかけて言った。

芳夫は、待機している刑事の方へ、

「犯人はちゃんと息子を返してくれますかね」

と言った。

「このところ、同じような誘拐事件が続けて三件起きています」

と、刑事が言った。「手口や、脅迫電話の声からみて、同じ犯人と思われます。この件も、電話がかかってくれば……」

「身代金を払えば、子供は戻ってくるんでしょうか」

「これまでの事件では、お子さんが戻っています」

と、刑事は言った。「しかし、身代金の受け渡しを見張ると、お子さんに危険が――」

「それはやめて下さい！」

と、芳夫は遮《さえぎ》った。「子供を無事に取り戻すのが第一。そうですよね？」

「もちろんです」

しかし、刑事は「身代金の受け渡しを監視しない」とは言えなかった。

そのとき、居間のテーブルの上の電話が鳴り出した。芳夫も真知子も、飛び上りそうになった。

「出て下さい」

と、刑事に言われて、芳夫は受話器を上げた。

「もしもし……」

「五千万円用意しろ」

と、特徴のない男の声が言った。「明日の夜、十時にK町の交差点に持って来い」

「五千万円……。たった一日では……」

「では子供は死ぬ」

「分った！　何とかする！」

「奥さんの実家は金持だ。用意できるだろう」

と、男は言った。

芳夫は思わず妻の真知子の顔を見ていた。

「明日の夜十時だ」

もう一度言って、電話は切れた。

「あなた……」

「五千万だ。――とても僕には用意できない」

と、芳夫は言って、「犯人はお前の実家のことも知ってる」

「ええ……。父に頼んでみるわ」

と、真知子は言った。

「知ってて言って来たんだ」

刑事が、

「失礼ですが……」

と言った。「奥様のご実家は……」

「父は野田靖治《のだやすはる》といって、貿易会社の社長をしています」

と、真知子は言った。

「なるほど。それで五千万円と……」

「でも……」

真知子は厳しい表情になって、「出してくれるかどうか……」

「何とか頼んでくれ！」

「ええ、もちろん――。あ、電話が」

真知子のケータイが鳴った。

「Sホールの中垣です。奥様でいらっしゃいますか」

「ええ。主人と代ります」

芳夫は出ると、

「どうも。――ええ。――そうですか。T医大病院ですね。――分りました。こちらから連絡を取ります。――ありがとうございました」

「あなた……」

「親父は脳出血で、意識が混濁《こんだく》してるそうだ。——病院へ連絡してみる。とても行っていられないよ」

「そうね。でも他に誰か……」

「姉弟はみんな地方だ。——仕方ない。こんなときだ。お前は自分の父親の所へ行ってくれ」

「分ったわ。でも、あなたからも……」

「ああ。頼むさ。しかし、僕が行ったら、却ってうまくないんじゃないか」

真知子は何とも言わず、居間を出て、出かける仕度《したく》をした。


「子供の誘拐か。いやな話だな」

と、明男は言った。

「ねえ」

爽香は、珠実を寝かせて、パジャマ姿で居間で寛《くつろ》いでいた。

「このところ、何件か起ってないか?」

「ええ、同じ犯人かもしれないわね。——五歳以下の小さい子を狙ってる。犯人の顔を憶えられないように、でしょうね」

「そうか。そんな歳じゃ、場所も分らないだろうしな」

「そして、身代金を何とか用意できそうな額にしてるらしいわね。人から聞いたんだけど」

「ずる賢い奴だな」

「ともかく子供の安全が第一よね」

と、爽香は言って、寛いでお茶を飲んだ。「日本茶が一番おいしいね」

明男は爽香と並んで座ると、肩に手を回して、

「なあ」

「どうしたの？」

「頼むから、危いことに首を突っ込まないでくれよ」

「私は何も……」

と言いかけて、「そう言われても仕方ないとは思うけど……。でも、いつも仕方なしに係ってるのよ」

「分ってるとも。だから心配なんだ。どうしようか、って迷ったときは、珠実のことを思い出せ」

「明男のことだって、思い出してるよ」

と、爽香は微笑んで、「明男を男やもめにしたくないものね」

「当り前だ。——安全第一だぞ」

「はいはい」

爽香はそっと明男にキスして、その肩に頭をもたせかけた。すると——。

「あれ？」

居間のテーブルに置いた爽香のケータイが鳴り出したのだ。「こんな時間に……」

手に取ってみると、どこかで見たような番号だ。出ないわけにもいかず、

「もしもし？」

「杉原さんですね。Sホールの中垣です」

「あ、どうも……」

「今日は色々とご迷惑をおかけして」

「いえ。その後、古屋さんは……」

「古屋先生は、意識がはっきりしないようです。それに、息子の芳夫さんは病院へ行くどころではないようなので」

「それはそうですよね。中垣さんもご心配で」

「いえ、それは……」

何だか歯切れが悪い。

「それで、私に何かご用ですか？」

「あの……芳夫さんから、さっき電話がありまして」

「はあ」

「杉原さんのことを、今、芳夫さんのお宅に詰めておられる刑事さんが知ってらっしゃるようなんです」

「え？」

「直接、ということではないようですが、お名前を。――杉原さん、警察と係られたことが度々あったと伺いました」

「それは……たまたまのことです」

「さっきの杉原さんのご指示が、落ちついていて的確だった、というので、刑事さんがお名前を思い出されたようでして」

「それで、何か私に……」

「刑事さんが、身代金を持って行くのを、杉原さんにお願いできないかと言っているそうで……」

爽香はさすがに言葉を失ってしまった……。

8　願い

玄関のドアが開くまで、時間がかかった。

真知子はただじっと待っていた。――今は邦芳の命が大切だ。そのためなら、どんなことでも耐えてみせる。

鍵の音がして、ドアが開いた。

立っていたのは、父の妻、奈美《なみ》だった。趣味の悪い派手な柄のガウンをはおっている。

「夜分にごめんなさい」

と、真知子は言った。「どうしても父に会わなきゃならないんです」

「何ですか、こんな遅い時間に、非常識な」

と、奈美は中へ入れるつもりがない、と示すように、玄関のドアの所に立ちはだかっていた。

「緊急の用なんです。父を呼んで下さい」

と、真知子は言った。

「もうとっくに寝てますよ。明日またいらして」

そう言って、奈美はドアを閉めようとした。真知子は体ごと押すようにして、奈美を退がらせると中へ入った。

「何するの！　警察を呼ぶわよ！」

と、奈美が叫ぶように言った。

「あなたとやり合ってる暇はないの。父とどうしても会わないと」

真知子は靴を脱いで上り込むと、「お父さん！　起きてるんでしょ！」

と、大声で呼んだ。

「――何だ、やかましい」

居間のドアが開いて、父、野田靖治が出て来た。

「お父さん、大変なの。お父さんの助けがいる」

「何を言ってるの？」

と、奈美が口を挟んだ。「私たちには何の義理も――」

「あなたは黙ってて！」

と、真知子は怒鳴った。

「おい、真知子。俺の妻に向って、それはないだろう」

野田靖治は今、七十になったところだ。

真知子は久しぶりに会って、父がめっきり老けた、と感じた。

奈美は後妻で、今三十八。夫のほぼ半分くらいの年齢だ。

「お父さん。邦芳が誘拐されたの」

「何だと？」

「息子の邦芳がさらわれたの！　犯人は身代金を要求して来てる。払わなければ、あの子は生きて帰って来ない」

野田はさすがにびっくりしたようだったが、

「――入れ」

と、真知子を促《うなが》した。

真知子は、ソファにかけずに、

「お願い。五千万円、貸してちょうだい」

「五千万？」

「犯人が五千万円、要求して来てるの。明日までに用意しないと、邦芳は殺される！」

奈美が居間へ入って来ると、

「本当なの？　作り話じゃない？」

と言った。

「誰がこんな嘘をつくもんですか！」

と、真知子は奈美をにらんだ。

「まあ落ちつけ」

と、野田はソファにかけて、「順序立てて話してみろ」

それどころじゃないのよ！

そう叫びたいのを何とかこらえた。

「――五千万か」

「お願い。孫の命がかかってるのよ」

「孫か……。今、いくつになった？」

「五歳よ」

「五歳か。――それで、犯人は分ってるのか」

「分ってたら苦労しないわ」

「でも……」

と、奈美が言った。「あなたは孫の顔も見せに来たことがないじゃないの」

「口を出さないで！」

つい、真知子は怒鳴っていた。「私は父と話してるの！」

「真知子」

と、野田は言った。「お前がそういう言い方をするなら、力にはなれん」

「お父さん――」

「奈美は俺の女房だ。つまりお前の母親ということだ。それなりの態度を示せ」

真知子の顔から血の気がひいた。

「お父さん……。本気で言ってるの？」

「もちろんだ」

「分ったでしょ」

奈美の顔に勝ち誇った笑みが浮んだ。「私がこの人の妻になるとき、あなたたちは何て言った？　私は忘れないわよ」

「お父さん……。今はそんなこと言ってられないの。子供の命がかかってるのよ」

真知子は必死の表情で言ったが、その様子が、ますます奈美を愉《たの》しませているようだった。

「でもね、真知子さん、どうしてあなたが一人でここへ来るの？　本当なら、あなたのご主人もここへ来て、頭を下げて頼むべきじゃない？」

真知子は固く唇を結んで、じっと床を見つめていた。口を開けば、奈美をののしることになる。

「そうよ」

と、奈美は野田の後ろに立って、腕を回して抱きついた。「芳夫さんに来てもらってよ。私に言ったことを、詫《わ》びてもらいましょう。憶えてる？　『結婚しても、子供を産むことは許さないぞ』って言ったのよ。――そう、残念ながら子供はできなかった。でも、『産むな』という言葉が、どんなに私を傷つけたか」

奈美はじっと真知子をにらんで、

「芳夫さんにここへ来てもらってちょうだい。そして、私と主人に謝罪して。その後でお金の話をしましょう」

「お父さん――」

「忘れないでね」

と、奈美は遮って、「私は今、〈N貿易〉の取締役なのよ。五千万なんて大金、すぐに出せるかどうか、主人だけじゃ決められないわ」

真知子は身を震わせて、父が何か言ってくれるのを待っていた。――しかし、野田は妻の手を取って、

「こいつの言う通りだ」

と言った。「お前は奈美が財産目当てで俺と結婚したと決めつけた。芳夫君が今でもそう思っているのなら、金は出せん」

真知子はそろそろと立ち上った。固く握った拳は細かく震えている。

「――主人と話して、また来るわ」

やっと、それだけを言った。

「どうぞ、ごゆっくり」

奈美がていねいな口調で、「こちらはちっとも急がないわ」

と言った。

真知子は怒りと憎しみをこめた目で奈美をにらんでいたが、やがて足早に玄関へと出て行った。


真知子が帰宅すると、古屋芳夫がすぐ玄関へ出て来た。

「どうした?」

真知子は答えず、夫に、

「寝室へ来て」

と言った。

寝室へ入ると、

「どうだったんだ」

と、芳夫が訊く。

「あなた」

真知子は芳夫を見て、「他にどこかお金を貸してくれるあてはないの?」

「五千万だぞ！　──断られたのか？」

「あなたも一緒に来いって」

「何だって？」

「そして、奈美さんに謝罪しろって。二人であの女に頭を下げないと、金は出さん、と言ったわ」

「しかし……自分の孫のことだぞ！」

真知子はできるだけ冷静に、父と奈美の言葉を伝えた。

聞いている内に、芳夫の顔が真赤になった。

「あの女……。そんなことを言ったのか！」

「父も、あの女の言うなりよ。このままだとお金は出ないわ」

真知子はベッドに腰をおろして、「どうする？」

「あの女に詫びる？　冗談じゃない！」

と、芳夫は叫ぶように言って、「誰がそんな真似するもんか！」

「でも、それじゃ邦芳が──」

「分ってる！　しかし……」

芳夫は部屋の中を歩き回った。怒りのやり場がないのだった。

「──お義父様は？」

と、真知子が言った。

「何？　何だって？」

「入院してるお義父様よ。その後、何か連絡あったの？」

「ああ……。いや、今のところ何もない」

「そう。じゃ、まだはっきりしないのね」

「たぶんな……。ああ！　どうしてこんなときに！」

芳夫は拳で壁を殴りつけた。

「あなた、やめて！」

真知子は夫に駆け寄ると、背後から抱きついて、「明日の夜まで、まだ時間はあるわ」

と言った。

「畜生！　あの女……殺してやる！　邦芳の身にもしものことがあったら、必ず……」

「落ちついて。――考えましょう。何か手はあるはずよ……」

「手はある、って？　どんな手があるって言うんだ？」

「私に訊かれても、そうすぐには……」

芳夫はがっくりと肩を落として、ベッドに座ると、

「すまん……。お前に当るつもりじゃないんだ」

「あなた……。私たちの子よ。一緒に助け出すのよ」

「そうだな」

と、芳夫は息をついて、「――お前の親父さんだって、もし自分の息子が誘拐されたら、一億だって出すだろう」

「そうね。邦芳を一度も見せてなかったのは……」

「あの女がいるからだ。あいつさえいなかったら、喜んで連れて行ったよ」

「ええ、そうよね」

真知子は夫の隣に座って、じっと床のカーペットを見つめながら、「――もう一度、私一人で行ってみましょうか。私は土下座でも何でもするわ」

「真知子……」

「あなたは辛《つら》いでしょう。いくら息子のためでも」

芳夫は表情をこわばらせて、

「あの子のためなら、何だってする」

「でも……」

「何だってする……」

と、くり返した芳夫は、フッと顔を上げて、「おい」

「――え？」

「そうだ。何でもするぞ。俺にも覚悟がある」

「あなた……」

真知子は当惑したように、ベッドから立ち上った夫を見上げていた……。


「いいのか？」

と、明男が言った。「起きてるんだろ？」

「言わないで」

と、爽香は寝返りを打って、「縁もゆかりもない人のことよ。いくら私が度胸いいからって……」

「まあ、頼んで来る方が無茶だよな」

——身代金を運ぶ役をやってほしいという話を、爽香は断った。

多少係ったといっても、電話で話を聞いたというだけ。警官でもない身で、そんな責任の重い仕事はとてもできない。

中垣宣子に、きっぱりと断ってもらった。

ベッドに入って、なかなか寝付けないのは、むろんその話が引っかかっていたからではあったが、決心は変らない。

「もう危いことはしないの。珠実ちゃんのためにもね」

「そう聞いて嬉しいよ」

と、明男は言った。「俺のためにも、って付け加えてくれると、もっと嬉しいけどな」

「あのね、あんまり当り前のことは、いちいち口に出さないの」

と、爽香は言って、「寝るわ！」

ギュッと目をつぶって、間もなく爽香は眠りに落ちて行った……。

9　脅される者

珍しいわ、と弓江は思った。

もちろん、この小さなバーでも、女性客がないわけではない。しかし、ほとんどは男に連れられて、渋々入って来る。

ともかく、女性一人が入りたくなるような洒落《しやれ》た雰囲気とは無縁なのだ。

「いらっしゃいませ」

と、弓江は声をかけた。「ご注文は？」

カウンターの一番奥に座った、三十前後かと思えるスーツ姿の女性は、

「水割りを」

と、ポツリと言った。

何だか、妙な気がした。その色の濃いメガネをかけた女性は、弓江の顔をいやにジロジロ眺めていたのだ。

「――どうぞ」

弓江がグラスを置くと、その女性が囁《ささや》くように、

「弓江さんね」

と言ったのである。

「え？　――そうですけど、どなた？」

「春日さんと楽しくやってる？」

弓江は言葉が出なかった。――この人は？

もしかして、春日の「彼女」なのだろうか？

「お邪魔はしないわ」

と、女は言った。「今の生活を続けたかったら、言うことを聞いて」

穏やかな笑みを浮かべてはいるが、声にはどこか凄《すご》みがあった。

「どういうことですか？」

「小さな声で。――ばれたら刑務所よ。見付けたお金に手をつけたこと」

弓江は青ざめた。あのロッカーから持って来た札束のことを、この女は知っている！

「うろたえないで」

と、女は静かに続けた。「子供は可愛《かわい》いでしょ？　車にはねられて死んだりしたら、悲しいわよね」

「あなたは……」

「大丈夫。私も子供は大好きよ。あなたが言うことさえ聞いてくれたら、何も悪いことは起らない」

「何をしろと……」

「身代金の受取り」

と、女は言った。「何の心配もないわ。ただ、お金を受け取って、私たちに渡す。それであなたにも百万円というお金が入る」

弓江は、今聞いている話が現実のことなのか、信じられずにいた。

「いやとは言わないわね」

と、女は言った。「春日さんのことが好きでしょ？　やっと幸せをつかみかけてるのよね、あなたは。私はその手伝いをしてあげたいだけ」

弓江は隣の椅子に腰をかけた。

「どういうことなのか……」

と、弓江が言いかけると、

「あなたは何も知らなくていいの。ただ、お金を受け取ってくれれば、それでいい。それ以上のことを知ったら、厄介なことになるの」

冗談でも何でもない、と弓江を納得させる言葉だった。

女はグラスを一気に空にすると、

「また連絡するわ。ケータイにかけるから、必ず出てね」

と言って、一万円札をカウンターに置いて、スッと店を出て行った。

弓江はしばらく立ち上れなかった。

子供が車にはねられて……。あれは脅しだ。でも――あの女なら、やりそうだ。

一体どこの誰なのか、見当もつかないが、ともかく言う通りにしないと、春日にも害が及ぶかもしれない。

「いらっしゃいませ」

というママの声にハッと我に返った弓江は、カウンターの一万円札を素早く手に取った。


それは直感のようなものだった。

古屋芳夫は、自宅の表の道へ出て、左右を見回した。――夜中だ。

人通りもなく、車もほとんど通らない。

しかし芳夫は賭けていた。誘拐犯は、おそらくこの家を見張っている。

どこからか分らないが、きっと人の出入りを見ている。

それなら、今こうして深夜に一人、道へ出て来た芳夫のことも見ているはずだ。――

分ってくれ。俺の気持を、見てとってくれ。

手の中に握りしめていたケータイが鳴った。

こいつは、きっと……。

「もしもし」

と、芳夫は出た。

少し間があって、

「――何か言いたいことがあるのか」

と、あの声が言った。

「ありがたい！　かけてくれて嬉しいよ」

と、芳夫は言った。「相談がある」

「言ってみろ」

「三日、待ってくれ」

と、芳夫は言って、急いで続けた。「待ってくれたら、身代金を一億、払う」

向うはしばらく沈黙した。芳夫の背を汗が伝い落ちる。

「刑事はどうした」

と、声が言った。

「眠ってる。飲物に家内の睡眠薬を入れたんだ」

「本気のようだな」

「むろんだ。邦芳は無事だろうな」

「心配いらない。——三日で一億、作れるんだな」

「必ず」

必死の思いは伝わったらしい。

「よし、待ってやる」

と、相手は言った。

「ありがとう。——話せて良かった」

と、芳夫は言った。

通話を切って、芳夫は大きく息を吐いた。息が冷たい夜気《やき》に白くなった。

「——あなた」

振り向くと、真知子が立っていた。

「聞いてたのか」

真知子は肯いて、

「どこかで見てるのね、私たちのこと」

と、道へ出て来て左右へ目をやる。

「邦芳を何としても取り戻すんだ」

と、芳夫は言った。

「あなた。——どういうことなの？　三日で一億円って……」

芳夫はじっと黙って妻を見つめていた。

真知子は表情をこわばらせて、

「――そうなのね」

と言った。「あなた……奈美さんを」

「ああ」

と、芳夫は肯いて、「お前の親父さんには申し訳ないが、邦芳の命には換えられない」

「でも、どうやって……」

「三日あるんだ。必ず手はある」

と、芳夫は真知子の肩を抱いて、「気が進まないだろうけど……」

「いいえ」

真知子は首を振って、「あの女の言うなりになってる父は、もう父じゃないわ。私も一緒にやる」

「そうか！」

芳夫は肯いて、「それなら必ずうまくいく。――奈美をどこかへおびき出すのも、お前がやれば疑われない」

「そうね、どこがいいかしら」

――真知子の父、野田靖治の妻、奈美を誘拐する。そして、身代金を一億円、出させるのだ。

その金で邦芳を取り戻す。芳夫はいささかもためらわなかった。

「中へ入ろう」

と、芳夫は言った。「外は寒いや」

「ええ……」

一緒に玄関を入ると、真知子が、「ねえ」

と、芳夫を止めて、

「刑事さんをどうするの？」

と言った。

「そうか。うっかりしてた」

まさか、犯人と話をつけた、とは言えない。

「まだ眠ってるか？」

「見て来るわ」

真知子は先に居間へ入って行った。そしてすぐ戻って来ると、

「大丈夫。眠ってる」

「そうか……」

夜は交替で一人ずつが詰めている。身代金目的の誘拐が続発しているので、古屋の事

件にも警察は注目していた。

昼間は数人の刑事が出入りしている。

芳夫は、犯人がこの家を監視していることを知っている。だが、刑事たちは、そんなことを考えてもいないようだ。

現実の事件は、映画やドラマで見るようにスリリングなものではない。当然かもしれないが。

「今夜の十時って言われてるのよ」

「うん。――そうだな。ともかく、そこで金ができるまで待ってくれと頼んだことにしようか？」

「刑事さんが妙に思わない？」

「そうだな……」

身代金の受け渡しを、警察は見過しはしないだろう。

ここはやはり、犯人から確認の電話があって、身代金を用意するのに時間がかかると納得させたことにするしかない。

「朝になるのを待とう」

と、芳夫が言った。「昼間、金の工面に俺が外出する。それは当り前のことだろう」

「ええ。それじゃ、あなたが……」

「ああ、外からここへ電話する。お前が出て、うまく話を合せてくれ」

真知子は肯いたが、

「でも——あなたの声だと、分っちゃうんじゃない？　電話は録音されてるんだし」

「そうか……。そうだな」

芳夫は真知子の手を握って、「お前がそうやって冷静に考えていてくれて嬉しい。俺一人だったら、きっと『何とかなる！』で突っ走って失敗してただろう」

「あなた……」

真知子は夫の手を握り返して、「——コーヒーをどう？　落ちつくわよ、きっと」

「そうだな。よし、俺がいれよう」

誘拐されている息子のことを考えたら、そんな呑気《のんき》なことを、と思うが、救い出すためには、事態を冷静に見つめる必要がある。

また、連続している誘拐事件で、人質が無事に戻っていることも、二人をやや安心させていた。

——芳夫が豆を挽《ひ》き、コーヒーをいれて、二人はダイニングキッチンで静かにコーヒーを味わった。

「私……きっとうまく行くって気がして来たわ」

と、真知子が言うと、

「ああ、俺もだ」

と、芳夫が肯いた。

すると、

「あの……」

と、声がして、寝ぼけ顔の刑事が立っていた。「すみません、眠り込んでしまって。

——僕もコーヒー、いただけませんか？」


「チーフ」

と、久保坂あやめが言った。「何があったんですか？」

「え？」

爽香の、パスタを食べる手が止った。

ランチに二人で近くのパスタの店に入ったのだった。そして、パスタをフォークにクルクルと巻いて食べ始めたとたんに、あやめから訊かれたのである。

「何の話？」

「隠してもだめです。朝から、チーフの様子、ずっと見てました」

と、あやめは言った。「ときどき、フッと考えごとして、心ここにあらず、ってなってますよ。隠さずに言って下さい。浮気でもしたんですか？」

「私が？　まさか！」

「そうですね。じゃ、また何か危いことに係ってるんですね？　図星でしょ」

爽香はため息をついて、

「全くもう……。でも、大丈夫。係り合わないことにしたの」

「怪しいですね。事情を話して下さい」

あやめには話してもいいだろうという気がした。

いや、むしろ話しておいた方が、何かあったときのために……。「何か」？　今度は何もない！

「これは秘密なの」

と、爽香は小声になって、「誘拐事件がこのところ続いてるって、知ってる？」

「ええ。ニュースで見ました」

「実は、Sホールでね……」

評論家が倒れたことから始めて、その後のいきさつを説明した。

「──無茶なこと頼んで来るんですね」

と、あやめが言った。

「ねえ。私もさすがに断ったわよ。自分が直接関係ないのに……」

「それは結構です」

「ね？　私だって、好きで危いことしてるわけじゃないのよ」

あやめは自分のパスタを食べながら、

「でも、チーフの場合は、そこで安心できないってところが問題です」

と言った。

「もう断ったんだから」

「身代金を運ぶだけじゃなくて、もっと危いことに係るかもしれませんよ」

「何のこと？」

「それは分りません」

と、あやめは首を振って、「でも、チーフが誘拐犯のアジトに忍び込んで、誘拐されてた子供を救い出すことになっても驚きません」

「いくら何でも……」

と、爽香は苦笑して、「私、ＣＩＡじゃないんだから」

「いつもそう言って、危機一髪ってことになるんです。もし、何かあったら、まず、この久保坂あやめに話して下さい！　いいですね」

「まるで私が叱られてるみたいね」

「愛すればこそ、です」

と、あやめは言った。

爽香は黙って食事を続けた。

いくら私でも……。私がそんな危い真似をするわけないじゃない。

そう思っていた。このときは……。

10　綱渡り

てのひらにじっとりと汗がにじんでいた。

古屋芳夫は、背中を汗が伝い落ちるのを感じていた。

「午後二時に電話する」

と、妻の真知子には言ってあった。

しかし、もう二時を二十分過ぎている。真知子が、どうしたのかと心配しているだろう。

誘拐犯を装って、自分の家に電話を入れる。

話が話だ。他の人間に頼むわけにはいかなかった。

真知子がうまく話をして、芳夫があまりしゃべらなくてすむようにしてくれることになっている。刑事たちが耳を澄ましているから、芳夫の声と分らないようにしなくてはならないのだ。

ところが――思いがけないことだった。

公衆電話からかけなくてはならない。それも、人に聞かれないように、電話ボックスの中で。

だが、その電話ボックスが見付からないのだ。誰もがケータイを持っているので、公衆電話が減っていることは分っていた。しかし、これほどとは……。

記憶では、以前電話ボックスが並んでいた所が、きれいに失くなって、ガラス張りの〈喫煙所〉になっていた。

芳夫は電話ボックスを捜して歩き回った。しかし、昔のような電話ボックスは一向に見当らない。

焦った芳夫は、決断しなければならなかった。どこか、あまり人のいない場所の公衆電話を使うしかない。

足を止めると、デパートの入口の前だった。

デパートの中なら？　客の少ないフロアで捜せば見付かるかもしれない。

デパートに入った芳夫は、エスカレーターで上のフロアへ上って行った。

〈家具売場〉。人は少ない。

化粧室のそばに、公衆電話があった。

ここなら……。周囲を見回して、息をついた。

大丈夫だ。誰も来る気配はない。

芳夫は公衆電話を前に、手の汗をズボンで拭った。

二時半になろうとしている。

かけると、呼出音がする。真知子が緊張しているだろう。

「――古屋でございます」

真知子の声は落ちついている。

芳夫は咳払いをした。そうしないと声が出ない。

できるだけ、低く、くぐもった声で、

「用意できたか」

と言った。

「お願いがあります」

と、打合せの通り、真知子が言った。「主人が今、必死でお金を作ろうと駆け回っていますけど、とても今夜には間に合いません。お願いです。あと三日、待っていただけませんか。必ず、必ずお金を用意します！」

芳夫は黙っている。しゃべり過ぎると、自分だということがばれてしまう。それに、あまりすぐ承知してしまうと不自然だろう。

「私の父のことをご存知のようですけど」

と、真知子は少し間を置いて、続けた。「父とはうまく行っていなくて、お金を出してもらえないんです。信じて下さい。三日。——三日あれば何とかしてお金を作りますから」

そして、真知子は声を震わせて、

「お願いです。邦芳に手を出さないで下さい！　必ずお金は払いますから」

真知子の言葉は、まるで本当の犯人に向けられているかのようだった。

芳夫が、話しかけようとしたとき、突然子供の泣き声がした。びっくりして振り向くと、女性化粧室から、二、三歳の子供を抱いた母親が出て来て、

「泣かないでよ！　ね？　オモチャ売場に行きましょう」

と言いながら、芳夫の背後を通って行ったのである。

向うにも聞こえているはずだ。芳夫は焦って、

「よし、分った」

と言った。「また連絡する」

急いで受話器を置く。——ドッと汗がふき出して来た。

畜生！　びっくりさせやがって！

最後の言葉は、ほとんど地の声になってしまった。刑事が気付くだろうか？

ハンカチを取り出すと、額と首筋の汗を拭った。手が震えている。

「しっかりしろ！」

と、口に出して呟く。「情《なさけ》ないぞ！」

こんなことで、あの女を誘拐できるか。

落ちつくんだ。——落ちつけ。

芳夫は、デパートを出ると、目の前の地下街へ入って、コーヒーショップに足を向けた。

セルフサービスのコーヒーを立ち飲みしていると、ケータイに真知子からかかって来た。

「もしもし」

「何してたの？　一体どこからかけたのよ！」

「そう言うな。デパートの中からだ」

と、芳夫は事情を説明して、「刑事は何か言ってたか？」

「どこか店の中からかけてるな、とは言ってたわ」

「俺の声だと気付かれたかな」

「大丈夫でしょう。そんな様子はなかったわ」

「それならいいが……」

と、息をついて、「奈美の方をどうするかだな」

「やるんでしょ？」

「もちろんだ。――やってやる。邦芳のためだ」

「おびき出すのは私がやるわ。でも、どこへ？」

「うん……」

芳夫は考え込んでしまった。

誘拐すると言っても、相手は大人の女だ。容易なことではあるまい。

そして、奈美を一時的にせよ、人目につかない所に閉じ込めておかなくてはならない。

「のんびりしてはいられないのよ」

と、真知子が言った。

「分ってる。なあ……お前の友達で、家を留守にしてるのがいたろう」

「ああ……。美里のことね？　野田美里。友達じゃなくて、私の従姉《いとこ》よ」

「そうだったか。確か郊外の家を……」

「ええ、仕事に不便だからって、都心でマンションを借りてるわ。お義父様の紹介で、どこかのオーケストラのマネージャーになったのよ」

「そうだ。思い出した」

と、芳夫は息をついて、「その家を使えないか？　かなり田舎の方と聞いたぜ」

「それはそうだけど……」

「場所、分るか？」

「二、三度行ったことがあるわ。車で……たぶん三時間ぐらいはかかると思うけど」

「いいじゃないか。空家になったままなんだろ?」

「ご両親、亡くなってるし、美里は一人っ子だからね」

「何とかうまい口実をつけて、使わせてもらうんだ。ほんの二、三日でいいんだから」

「そうね。――分ったわ。美里に連絡してみる」

「頼む。それさえ決れば、あとは何とかなる」

「うまく考えてよ。あの女はしたたかだから」

真知子も、父の所で奈美から言われたことに怒りを抑えられずにいるようだった。

「任せろ」

――芳夫はコーヒーの残りを飲み干して、外へ出た。

冷たい風が、ほてった顔には心地良かった。

奈美を誘拐する。そして一億円を手に入れて、それを身代金に邦芳を取り戻す。

今は、そこまでしか考えていないが、芳夫にも、「その後」が問題だということは分っていた。

邦芳が戻ったら、奈美を解放する。しかし、奈美がそれで黙っているはずがない。

野田靖治も奈美も、芳夫たちを告発すると思わなければならない。

「そうか……」

動機はともあれ、人を誘拐して金を脅し取るのだ。罪になることには違いない。

いやだ！　とんでもない！

俺は刑務所なんかへ行かないぞ。あんな女をさらったからって何だというんだ。

そうだ。――すべてが終っても、奈美と野田が口をつぐんでいるようにしなければならない。

そのためには？

芳夫は、ひたすらあてもなく歩きながら、考え込んだ……。


「だめだ、だめだ！」

と、谷崎が大きく両手を振って、オーケストラを止めた。「もっと楽しそうに！　ウインナワルツが葬送行進曲みたいに聞こえるぞ。もっと拍子を弾むように。――もう一度、頭から！　ウィーンの森の感じだ！」

指揮棒が上ると、オケの全員がピシッと揃って呼吸する。

〈MKオーケストラ〉とのリハーサル。

大晦日の〈ジルベスター・コンサート〉のために、ウィンナワルツを練習しているところだ。野田美里はそれを見守っていた。

〈MK〉との初顔合せのとき、トラブルになりかけたが、ヴァイオリンの河村爽子が間に入ってくれて、事なきを得た。

一度うまくいくと、オケも指揮者もお互いを分ってくるので、安心である。

今も、谷崎マルクスはオケに色々注文をつけているが、それはごく当り前のことだ。

「この調子なら……」

と、野田美里は呟いた。

美里のケータイがマナーモードで震えた。急いでリハーサル室を出て、廊下へ。

「——もしもし」

「美里さん？　古屋真知子です」

「あら！　珍しい」

従妹《いとこ》の真知子とはずいぶん会っていない。

「ごめんなさい。お仕事中？」

「いえ、大丈夫よ」

と、美里は言った。「久しぶりね。お元気？」

「ええ、まあ」

と、真知子は言った。「突然のことで申し訳ないんだけど、H市の郊外のご実家、今どうなってます？」

「え？」

美里は面食らって、「さあ……。この一年以上、放ったらかしよ。忙しくて」

「じゃ、どなたかお住いとか……」

「いいえ。あんな不便な所。その内、売りに出そうと思うんだけど、相当安くなっちゃうでしょ。——でも、どうして？」

「あの……急なことで悪いんですけど、あの家を、一週間ほど使わせていただけないかと思って」

「へえ……。何をしようっていうの？」

「実は、息子が今五つで」

「もう五歳？　邦……」

「邦芳です」

「あ、そうそう。邦芳ちゃんだったわね」

「あの子に私立の小学校を受験させようと思ってるんです。でも、今は受験って大変で」

「そうでしょうね」

「あのお家で、ＴＶも何もない環境の中で邦芳を集中的に勉強させたいんです。もちろん、私が付きっきりで」

「まあ、大変ね」

「なかなか都内にはそんな所がないし。どこかいい所、って考えて、フッと思い付いたんです。美里さんのご実家が空いてたな、って」

「もちろん、使ってもいいわよ」

「本当ですか？　ありがとうございます！　もちろん、汚したりしないように気を付けますから」

「汚す前に埃だらけだと思うわよ」

と、美里は笑って、「電気やガスは通ってるから。冷蔵庫も使えると思うわ」

「ありがとうございます！　あの——鍵をお借りしたいので、今日、これから伺ってもいいですか？」

「ええ。すぐ出られる？　まだしばらくはSホールのリハーサル室にいるから」

「あ、分ります。ホールの中ですね？」

「地下なの。近くから電話して。迎えに出るわ」

「助かります！　じゃ、これからすぐ」

——通話を切って、美里は、

「大変ね、今は子供も」

と呟くと、リハーサル室へと戻って行った……。

11 鍵

「じゃ、この鍵だから」

と、野田美里は、従妹の古屋真知子へ一本の鍵を渡した。

「ありがとう。助かるわ」

と、真知子は受け取った鍵を財布の中へ入れて、「お礼にお菓子でも買って来ようと思ったんだけど、用事があって……」

「いいのよ、そんなこと」

と、野田美里は言った。「でも、あそこの鍵をキーホルダーに付けたままにしてあって良かったわ。外すのも面倒でね」

Sホールの廊下に、オーケストラの音が洩れて来ていた。

「ウィンナワルツね」

と、真知子は言った。「いいわね、やっぱり」

「大晦日の〈ジルベスター・コンサート〉のリハーサルなの」

「ああ、なるほどね。カウントダウンとかやるのね。あれってスリリングよね。午前0時の直前に曲が終るかどうか」

「ええ。何度もリハーサルをして、何分何秒まで正確に演奏するのよ。指揮者って凄いわ」

「でも、すてきね。私も主人と聴きたいけど、何しろ子供のことが……」

と言って、真知子は、「じゃ、お邪魔してごめんなさい」

「いいのよ。自由に使ってね」

と、美里は言った。

「ありがとう。それじゃ……」

真知子はSホールのリハーサル室から廊下を辿《たど》って、外へ出た。ホッと息をつく。

「これでいいわ……」

と呟く。

後は、奈美をうまくおびき出して誘拐する。——恐ろしいことだ。

しかし、真知子は父の前で奈美から嘲笑されたことを忘れていない。それは真知子自身さえびっくりするほど、深い傷となって残っていた。

あのときのことを思い出せば、奈美に少々手荒なことをしたって構わないと思えた。

駐車場に停めた車へと歩いていると、ケータイが鳴った。夫からだ。

「もしもし」

「真知子、どうした？」

「うん、今鍵をもらったわ」

「そうか」

と、芳夫は息をついて、「準備が整ったわけだな。怪しまれなかったか？」

「大丈夫よ。美里さんは何も事情を知らないんですもの。言った通りに信じてるわ」

「それならいいが……」

「美里さんはSホールの〈ジルベスター・コンサート〉のリハーサルで、ずっとオーケストラに付きっ切りよ。大晦日まで、この鍵のことなんか、思い出しもしないでしょ」

「よし。じゃ、次はうまくあの女を誘い出すんだな」

「私がうまく口実を作って誘い出すわ。車に連れ込むにしても、薬をかがせるとかして、おとなしくさせないと」

「ああ。暴れそうだからな、あの女」

「少しぐらい手荒にしたって大丈夫よ。これからそっちへ向うわ。食事しながら打合せしましょ」

「うん。先に出かけてるぞ」

「直接レストランに向うから。――じゃ、後でね」

真知子は通話を切ると、車に乗り込んだ。――運転していると落ちつく。

「そう。何も心配ないわ。邦芳ちゃん、もう少し辛抱《しんぼう》してね」

と呟いて、真知子は車を出した。

――駐車場で、真知子は自分一人だと思っていた。

車は何台か停っていたが、人の姿は見えなかったのだ。

しかし――その一台に、シートを倒して居眠りしていた人間がいた。

日射しが当るので、窓にハンガーに掛けたワンピースを当てていた。

窓が少し開いていて、すぐその前で電話している声が聞こえて来たのである。

〈美里さん〉〈ジルベスター・コンサート〉という言葉で、半ば眠りかけていたところから目が覚めてしまった。

美里さんって……野田さんのこと?

車に連れ込む……。薬をかがせる……。

「聞き間違いかしら」

と、爽子は呟いた。

オケとのリハーサルに、早く着いてしまったのだ。

もちろん、早く着いても、オケのリハーサルを見物していればいいのだが、そこはちょっと事情があって……。

「――まだ二十分ぐらいある」

と、腕時計を見て呟く。

悩みの種は、指揮者の谷崎マルクスだった。

MKオケとの顔合せのとき、「彼女」と待ち合せていた谷崎に厳しい言葉を投げつけてやった。谷崎がそれで腹を立てて、爽子と口もきかなくなった、というのなら話は分る。

ところがそうではなかった。意見してやった爽子のことを、何だか谷崎は気に入ってしまったらしいのである。そして、爽子にあれこれ誘いをかけてくるようになったのだ。

――こんなはずじゃなかったのに。

ドラマなんかでは、初め大喧嘩していた二人が、いつの間にかひかれ合うというパターンはよくある。

しかし、現実はそうはいかない。爽子にとって、谷崎はおよそ「タイプじゃない」。才能があるのは認めるが、少々当人には言いにくいところながら、「女を圧倒する」ほど――でもない。

もちろん、これからの努力次第で、大指揮者にはなれるかもしれない。しかし、今のように、ルックスの良さでTVなどにもてはやされて、いい気持になっているようでは……。

そんなわけで、爽子は、リハーサルであまり余分な時間を持ちたくなかったので、車の中で居眠りしていたということなのである。

「どうしよう……」

妙なものを聞いてしまった。——とはいえ、車の外から聞こえて来たのだ。内容を確実に聞き取っていたかと言われると……。

でも、もしあの話の中身が本当なら、放ってはおけない。爽子は悩んだが、

「——そうだ」

と、思い付いて言った。

きっと本人が聞いたら嘆くだろうが……。

「こういうことは、爽香さんだわ」

爽子はためらうことなく、ケータイを取り出して、爽香へかけたのである。


いいタイミングだった。

かなり疲れる打合せを終えて、爽香は椅子から立ち上ると拳で腰を叩いた。

「ああ……。長く座ってると腰に来る。もう若くないのね……」

「年齢を取るのは病気じゃありません」

と、少し冷ややかに言って、久保坂あやめは、ファイルを閉じた。

会議室からは、打合せの相手がさっさといなくなり、爽香とあやめの二人きりだった。

「チーフ。コーヒーでもいれましょうか?」

「でも、席に戻らないと。仕事がたまってるでしょ」

「くたびれたままで戻っても能率は上りませんよ」

「そうね。——じゃ、コーヒーでも……」

と言おうとしたとき、ケータイが鳴った。

「爽子ちゃんだ。——もしもし」

「あ、爽香さん、今、仕事中でしょ。少し話せる?」

「ちょうど会議が終ったところ。〈ジルベスター〉のこと?」

「今、そのリハで、Sホールの駐車場にいるんだけど。妙なこと聞いちゃったの」

「妙なこと?」

「誰かをうまく誘い出して車に連れ込む、とか、薬をかがせておとなしくさせる、だとか……」

「ちょっと待って。どういうこと? あ、今あやめちゃんがいるから一緒に聞く。初めから話して」

爽香はケータイを外部スピーカーにして、

「チーフ……」

「爽子ちゃんの話、聞いて」

——爽子は、駐車場の状況から始めて、窓のそばで電話していた女性の話について、説明した。

爽香はあやめと顔を見合せた。

「——全部の話が聞こえたわけじゃないの」

と、爽子は言った。「でも、今言ったことは、たぶん……その通りだったと思う」

「そして、美里さんの鍵を借りたってことなのね？　爽子ちゃんはその美里って人を——」

「知ってる。野田美里っていって、〈ジルベスター〉で共演するオケのマネージャーさん」

「そう……」

「私、気になるけど、今は〈ジルベスター〉のことで頭が一杯で。どうしていいか分らなくて電話しちゃった。爽香さんだって忙しいのに、ごめんなさい」

「いえ……。まあ……仕方ないわよね」

爽香は腕組みしているあやめを見ながら、

「ええ、いいわ。後は任せて。あなたはコンサートのことに集中してなさい」

「ありがとう！」

と、爽子はホッとしたように、「爽香さんに相談するしかないって思ったの」

「正しいわ、それは」

と、あやめが口を挟んだ。

「あやめさん？　ありがとう」

「爽子ちゃん、その女性の顔は見なかったのね？」

「うん。窓の所にハンガー引っかけてて……。でも、だから向うも私に気が付かなかったんだよね」

爽香は少し考えていたが、あやめが、

「そのSホールに、まだしばらくその野田さんって人はいるの？」

と訊いた。

「これから私のリハもオケが一緒だから、しばらくはここのリハーサル室に」

「分ったわ」

爽子が通話を切った。

爽香とあやめは、しばらく黙ったままだった。

「チーフ……」

「放っとけないわね。——誘拐だとしたら、あのSホールで聞いた、古屋さんの息子さんの誘拐とどうつながるのか……」

「偶然じゃありませんよ」

「おそらくね。でも……どういうことかしら？」

と、爽香は、爽子の話を思い出しながら、「もし爽子ちゃんの聞いたのが正しければ、『誘い出して』とか、『薬でおとなしくさせる』って、子供を誘拐する話じゃないような気がする」

「さすがチーフ！『犯罪慣れ』してますね」

「変な日本語作らないで」

と、爽香は苦笑して、「ともかく、まずはその『鍵』の話を、野田美里っていう人に訊かないと」

「訊きに行くんですか？」

「だって……。仕方ないでしょ。電話で訊くにはデリケート過ぎる」

「そうですね。でも、席には仕事の山が……」

「分ってるけど、万が一、人命に係ることだったら……」

「もちろんです。私も一緒に行きます」

と、あやめは言った。

「ありがとう。心強いわ」

「でも、殴り合いとかのアクションシーンは勘弁して下さいね」

と、あやめは真顔で言った……。


「あなた」

と、奈美は言った。

「何だ」

野田靖治は玄関で振り返った。

表には迎えの車が待っている。野田は社長を勤める〈N貿易〉へ向うところだった。

「もし、会社に真知子さんが来ても、頼みを聞いちゃだめよ」

と、奈美は言った。

ゆうべは真知子を追い返してやった。真知子が、奈美抜きで父親に話そうとして、会社へ訪ねて行くかもしれない、と奈美は思っていたのである。

「その話か」

と、野田は言った。「もうこりただろう。来やしないさ」

「分らないわよ。いい？　私に知らせないで、お金を出してやったりしないでね」

「分ってる」

野田は肯いた。

「もし何か言って来たら、私に知らせて。すぐ会社に駆けつけるから」

「分ったと言っとるだろう」

野田は少し苛立ったように、「一度言えば分る」と、玄関を出て行った。

奈美は閉じたドア越しに、野田を乗せた車が走り出す音を聞いた。

あの苛立ちの中に、奈美は野田の複雑な思いを聞き取っていた。

「そうよね……」

ゆうべは、奈美の前ということもあったろうが、一緒になって真知子を追い返した。

しかし、一夜明けて、一人になると……。

何といっても、真知子は実の娘だ。そしてその息子は、まだ見たことがないとはいえ自分の孫である。

もし、自分が金を出すのを拒んで、孫の命が失われたとしたら……。真知子との間は一生元に戻らないだろうし、野田も孫を見ることができないのだ。

そう。──おそらく野田は五千万円を出す気でいる。

奈美がそれを邪魔して、誘拐された子が生きて戻らなかったら。野田と奈美の間も微妙になる……。

奈美は野田の妻だが、生活は夫の収入に頼っている。野田に見捨てられたら、奈美はまた貧乏暮しに戻ることになる。

それだけは避けなければ。

奈美は急いで寝室へ行くと、外出の仕度をした。

もし、お金を出すのなら、真知子に「奈美さんのおかげ」と思わせ、感謝させるのが得策だ。

奈美の知らないところで、金が渡されることは何としても防ぎたかった。

身仕度すると、奈美は真知子のケータイへ電話した。

12　風向き

古屋芳夫と真知子の夫婦は、通い慣れたレストランで食事をしていた。

やるべきことを決め、心が定まってしまうと、二人は冷静になっていた。

これからの計画について、話し合っていたが、誘拐されている邦芳の話は、あえてしなかった。

もちろん、不安で、心配している。しかし、今は邦芳を助け出すために、考えなくてはならないことがいくつもある……。

「おい」

と、芳夫が言った。「ケータイが鳴ってないか？」

「私？」

真知子はそう訊き返して、「本当だわ」

芳夫はピアニストのせいか、耳がいい。真知子の気付かない音が聞こえることも珍しくない。

ケータイを取り出して、真知子は夫を見た。

「奈美からよ」

「何だって？」

一瞬迷ったが、真知子は椅子から立ち上ると、レストランの化粧室の方へと歩きながら、

「もしもし」

と出た。

「ああ、やっとね！」

と、奈美が言った。「もう出ないかと思ったわ。私からの電話じゃね」

「何のご用ですか」

と、真知子は感情を押し殺した声で言った。

「どうしたの？　息子さんは戻って来た？」

「まだです。今、主人が必死でお金を作ろうとしてます」

「まあ、それはご苦労さま」

真知子はチラッと周囲を見回した。

「私たちをからかおうとしてかけて来たんですか？」

「そうじゃないわよ。私も女ですからね。あなたの今の辛さはよく分るわ」

「それはどうも」

「でもね、主人はそりゃあ怒ってるの。特にあなたのご主人に対してはね」

と、奈美は言った。「私も、ゆうべのあなたの態度にはムッとしたけど、まあ状況を考えたら、同情できるかなと思ってね」

「はあ」

「今夜までってのは無理でしょうけど、二、三日すれば、あの人の怒りも鎮まるんじゃないかしら」

「とてもそんなには――」

「待てない？　そうよね。可愛い我が子のためですものね。――じゃあ、こうしましょう。あなた、今から〈N貿易〉に行って、お父様に詫びるのね。私が一緒に行ってあげる。あの人も、私の前ならひどいことは言わないわよ」

真知子は、芳夫がそばへ来るのを見て、ちょっと肯いて見せた。

「奈美さん、それは本気ですか？」

「もちろんよ。もしお金が間に合わなくて、可愛い坊っちゃんが殺されるなんてことになったら、私も後味が悪いですもの」

「そうしていただけたら……」

「そう？　じゃ、私、今から家を出るわ。主人は今日はずっと会社にいると言ってたから、突然行っても大丈夫」

「ではどこかで待ち合せて……。〈N貿易〉の近くで……」

芳夫が声を出さずに、口を動かして、「駐車場」とくり返した。

「あの――駐車場で待ち合せていただけません？　私、自分の車で行きますから」

「ええ、いいわよ。そっちが先に着く？」

「たぶん」

「じゃ、地下の駐車場のエレベーターの所にいてちょうだい」

「分りました」

「それで、私が先に一人で主人と会って話すわ。あなたは私の電話を待って、後から上って来て」

「そうします。じゃ……あと三十分ほどで」

「そうね。そんなもんでしょ」

と、奈美は言った。「あんまり派手なものを着て来ない方がいいわよ」

「ええ、気を付けます……」

と、真知子は言って、通話の切れたケータイを、しばらく見つめていた。

「――あなた」

「うん。向うから飛び込んで来たな」

と、芳夫は言った。

「でも……何も準備してないわ」

「いや、何とかなるさ。このチャンスを逃したら、二度と機会はないかもしれない」

「じゃ、どうやって……」

「車のトランクに放り込む。そしてそのまま例の家へ向うんだ」

二人は席に戻った。

とても食事する気分ではなかった。

「――もう出よう」

と、芳夫は言った。

「そうね」

レストランを出ると、車をすぐ近くのスーパーに停め、芳夫は急いでロープやビニールテープを買って来た。

「それだけで大丈夫？」

と、真知子は言った。

「脅しつけてやりゃおとなしくしてるさ」

と、芳夫は言った。「さ、遅れるといけない。〈N貿易〉のビルに急ごう」

「ええ」

真知子は車を出した。

リハーサル室では、爽子の弾くヴァイオリンとオーケストラの曲が鳴っていた。

「——OK。もう一度通すかい?」

指揮している谷崎が爽子に言った。

「いえ、充分だと思います」

と、爽子は言った。

リハーサル室の表に、爽香が来ているのが窓越しに見えていたのだ。

爽子は急いでリハーサル室を出た。

「爽香さん、ごめんなさい。忙しいのに」

「そんなこと、いいのよ。それより、野田美里さんにお話を聞きたい」

「ええ。待っててね。さっきまでその辺に立ってたけど……」

爽子はオケの事務局の男性の方へと駆けて行った。

休憩に入って、オーケストラのメンバーたちはめいめいにひと息ついている。

「——爽香さん」

と、爽子が戻って来て、「ごめん! 今、野田さん出かけちゃってるって」

「外出?」

「譜面のことで、了解取らなきゃいけない人があって。まだしばらくリハが続くからって、出かけたみたい。気が付かなかったわ」

「仕方ないわよ」

と、爽香は言って、「野田さんのケータイに連絡できる？」

「もちろん！　待っててね」

しかし、少しして戻って来ると、

「かけてみたけど、つながらない。演奏中は電源切ってることが多いから、きっと切ったままなんだわ」

「どれくらいで戻られるの？」

「さあ……。向うで手間取ると、二時間ぐらいかかるかも」

爽香はあやめと顔を見合せた。とてもそんなに待っていられない。

しかし、爽香はいやな予感がしていた。

こういうタイミングの悪いことが続くと、大きな事件につながることがある。それはこれまで、いくつもの事件に係って来た爽香の勘のようなものだった。

「行先に電話できる？」

と、爽香は言った。「野田さんが着いたらすぐ連絡くれるように言ってちょうだい」

「分ったわ。事務の人が知ってると思う」

と、爽子は肯いて、「何か起りそう？」

「分らないけど……。起らずに済んでほしいわね」

と、爽香は心からそう言った。

奈美はタクシーで〈N貿易〉へ向っていた。

バッグの中でケータイが鳴った。

「――もしもし、あなた？」

夫の野田靖治からだ。

「奈美。今朝お前が言ったことはもっともだ」

と、野田が言った。「しかしな、やはり人の命がかかってる。それも孫の命だ」

「分ってるわ」

「真知子に五千万、出してやろうと思う」

「そう。――そうね。ここは人道的に……。いえ、何といっても、あなたの孫ですものね」

「分ってくれるか。お前はきっと面白くないだろうが」

「いいのよ。あなたのお金ですもの」

奈美の言葉は、野田にとって意外だったようだ。

「そう言ってくれると嬉しい」

――このままじゃだめだわ。

あくまで私があの人を説得して、お金を出させるようにしたことにするのだ。

「ね、少し待って」

と、奈美は言った。「今、出かけて来て、〈N貿易〉の近くにいるの。そっちへ行くわ。私から真知子さんに電話するから」

「ああ、いいとも。こっちは金の手配をしておく」

「ええ、分ったわ」

奈美はケータイをバッグへしまうと、「――やっぱりね」

と呟いた。

野田が奈美に黙って話を進めていなくて良かった。

野田も、奈美が機嫌をそこねるのはいやだったのだろう。

「そこでいいわ」

タクシーを、〈N貿易〉の裏手で降りる。

地下の駐車場へ降りるエレベーターがあるのだ。

――地下三階。

駐車場はガランとして静かだった。

上のフロアへ行くエレベーターは奥の方にある。奈美は並んだ車の間を歩いて行った。

「──まだかしら」

エレベーターの辺りには誰もいなかった。

奈美はバッグからタバコを取り出し、火を点《つ》けた。

家では野田がいやがるので、喫《す》わない。奈美もそう喫う方ではないが、時たま、こうして喫うとホッとする。

煙を吐き出して、ふと人の気配に振り向いた。真知子が立っていた。

「ああ、びっくりした！」

と、奈美はタバコを捨てて、「何か言ってよ」

「何を？　あんたなんかに分るもんですか。子供をさらわれた母親の気持が」

「あら、何だか私に不服のあるような言い方ね」

「もちろんあるわ」

「あの人がお金を出さなくてもいいの？」

「出すわよ、必ず」

「でも──」

話している間に、奈美の背後に芳夫が忍び寄っていた。奈美の肩をつかんで振り向かせると、芳夫は持っていたスパナで奈美の頭を殴った。

不意打ちで、奈美の体はコンクリートの床へと打ちつけられ、動かなくなった。

「あなた……」

「呆気なかったな」

芳夫は息を吐いて、汗を拭った。

「大丈夫？　生きてる？」

「ああ、平気さ」

芳夫はかがみ込んで、奈美の手首を取った。ちゃんと脈を打っている。

「大丈夫だ。よし、早いとこ縛り上げてトランクに入れるんだ」

芳夫は車からロープを取って来た。


「――ええ、従妹に鍵を貸したんですけど」

と、野田美里は言った。

出先で、爽子の伝言を聞いて、電話して来たのだ。

爽香のことは、美里も爽子から色々聞いていた。

爽香が「鍵のこと」について訊くと、美里は従妹から頼まれたことを話して、

「何か問題でも？」

「いえ、そういうわけでは……。あの、従妹の方は何とおっしゃるんでしょう？」

「古屋真知子といいます」

「古屋？」

「ええ、ジャズピアニストの古屋芳夫って人と結婚して」

「古屋芳夫さんの奥様ですか」

「そうです。それが何か……」

「あの——その鍵を貸されたお家はどの辺なんでしょうか？」

と、爽香は訊いた。

13　行き違い

どうしたっていうんだ……。

野田靖治は苛々と時計を見た。

奈美が一向に現われないのだ。この近くにいると言っていたのに……。

奈美の奴……。自分が真知子に連絡すると言っていた。

野田といえども、五千万円という金を、そう簡単に用意できない。会社の取締役をひそかに呼んで、現金で五千万円、いつなら用意できるか、調べさせている。

真知子に直接電話してやりたかったが、奈美は自分で連絡すると言っていた。

奈美を怒らせたくないので、野田はしばらく待っていた。

奈美のケータイにかけてみたが、

「おかけになった番号は、現在電源が入っていないか……」

という言葉がくり返されるばかりだった。

「全く……。どうなってる」

仕事で出かける必要があった。

野田は取締役に、連絡をくれるように言って、会社を出た。

会社の車が走り出すと、野田は真知子に電話することにした。

「——もしもし」

「お父さん。何なの？」

と、真知子が言った。

「ゆうべのことだ。——分ってるだろう」

「それは奈美さんが——」

「俺もよく考えた」

と、野田は言った。「五千万、出そうじゃないか」

しばらく向うは黙っていた。

「——聞いてるのか？」

野田が訊くと、さらにややあって、

「——お父さん、本気で言ってるの？」

と、真知子が言った。

「当り前だ。俺だって孫は可愛い」

「でも——奈美さんは……」

「奈美にも言った。奈美も納得してくれたよ。あのときはお互い冷静じゃなかった。奈美も分ってるんだ」

「奈美さんと話したの？」

「ああ。会社に来ると言ってたんだが、なかなか来ないんで、俺は今仕事で外出してる。お前に言っとこうと思ってな。いつ用意できるか分ったら、連絡する」

「そう……。ありがとう」

と、真知子は言った。

「何とか無事に取り戻さんとな。——じゃ、また」

野田は通話を切ると、

「ええ……」

「奈美の奴、何してるんだ……」

と呟いた。


「車を停めて」

と、真知子が言った。

「どうした？」

ハンドルを握った芳夫は、助手席で父親と話している妻の様子に、何があったか察していた。

「お願い！　車を停めて！」

真知子は叫ぶように言った。

「分った。待て。ここじゃ停められない」

芳夫は、車を脇道へ入れると、人通りのない住宅地で、車を端へ寄せて停めた。

芳夫がエンジンを切る。——静かになると、真知子が呻《うめ》くように、

「もう少し早く……」

と言って両手で顔を覆った。

「金を出すと言って来たのか」

「そうよ。奈美さんは嘘をついてたんだわ。父の方から、お金を出すと言い出したのよ」

「そうか」

「こんなことになる前に、言って来てくれたら……。でも、今さら……」

「そうだな」

車のトランクには、気を失った奈美を縛り上げ、猿ぐつわをかませて入れてある。

「——どうする？」

と、芳夫は言った。「奈美の縄を解いて、ごめんなさいと謝るか」

「そんなこと……。黙ってるわけがないわ」

「もちろんだな。それに、俺は一億円と約束してしまった」

「ええ……。どうしたらいい？」

二人はしばらく黙っていたが、やがて芳夫がエンジンを入れて、

「――このまま、ここで停っちゃいられない。ともかく、初めの予定通り、その空家へ行こう」

と言った。「他に手はない。そうだろう？　向うへ行ってから考えよう」

「ええ、そうね……」

真知子は呟くように言った。

「カーナビはあまり当てにならない。ちゃんと道を見ててくれよ。俺は行ったことがないんだ」

「分ったわ」

真知子は涙を拭った。

――それから約二時間、二人はほとんど口をきかなかった。

ただ真知子が、ときどき、

「その先を左折」

とか、

「たぶんもうすぐだわ」

と、口に出すだけだった……。


目指す家に着いたのは、もう暗くなってからだった。

「ここだわ。思い出した」

と、真知子は言った。「裏に庭が。車を入れられるわ」

車を回して、庭に停めると、真知子が鍵を手に車を降りて、玄関へと回った。

室内に明りが点き、ガラス戸が開くと、

「大丈夫。中はちゃんとしてるわ」

と、真知子が顔を出す。

「よし。——下ろそう」

芳夫は車を出ると、トランクを開けようとして、ためらった。

奈美をどうすればいいのか、心が決らないまま開けられない。

「どうしたの?」

真知子がサンダルをはいて庭へ下りて来た。

「いや、何と言えばいいのかと思って……」

「仕方ないわよ。こうなったら、父と話をつけるまで、やっぱりここに閉じこめておくしか……」

真知子の方が割り切っている。

「そうだな……」

トランクを開ける。——暗いのでよく見えなかったが、奈美は身動きしていないようだった。

「かついで行こう。手を貸せ」

二人で、奈美を抱え上げると、開いたガラス戸から室内へと運び込んだ。

「まだ気を失ってるわ」

「その方がいい。——しかし、疲れたな！」

芳夫は床に座り込んだが、「水を飲んでくる」

と言って立ち上ると、台所を捜して居間を出た。

台所の明りを点ける。——きれいになっている。

水道の水を飲もうとしたが、ふと思い付いて冷蔵庫を開けた。

栓を開けていないミネラルウォーターが入っていた。これなら大丈夫だろう。

開けて、直接飲んだ。冷たい水が快く喉を通って行く。——芳夫は息をついた。

「ねえ」

真知子が青ざめて立っていた。

「どうした」

「あの人、息してない」

芳夫はミネラルウォーターの栓をすると、

「何言ってるんだ？」

居間へ戻って、奈美のそばに膝をつくと、「おい、目を覚ませよ。――いい加減にしろ」

「あなた。――脈をみたの。止ってるわ」

芳夫はポカンとして、

「まさか……」

猿ぐつわは外してあった。手足の縄を解いて、芳夫は、

「おい！　目を覚ませ！」

と、奈美の体を揺さぶった。

「あなた……」

「そんな馬鹿な……。どうしてだ！」

おそるおそる手首を取る。――脈は全く感じられなかった。

「死んだのね……」

「まさか……。こんなことが……」

少しして、奈美の口の中を覗いた芳夫は、指を入れて、布の切れはしを取り出した。

「これか……。猿ぐつわを外そうとして必死だったんだろう。口の中で布が破れて、喉に貼り付いた。それで呼吸ができなくなってしまったんだ。──畜生！」

芳夫は床に座り込むと、しばらく黙っていた。真知子も同じだった。

やがて、真知子が、

「でも……あの子を助けなきゃ」

と言った。

「──そうだ」

芳夫がハッとしたように、「邦芳のことがある。ぼんやりしちゃいられない」

「ええ、そうよ。──奈美さんには気の毒だけど」

「うん。これは運が悪かったんだ。殺す気なんかなかったのに……」

「殺す」という言葉を使ってから、芳夫は改めてゾッとした。

「違う。死なせたかったわけじゃない。これは……不幸な偶然だ」

「ええ。こんなことで、あの子を救い出すのを邪魔されちゃいけないわ。考えましょう。何もなかったことにする方法を」

人が一人死んだのだ。──分ってはいたが、二人にとって、目の前に横たわっているのは、単に片付けなければならない問題に過ぎなかった。

そのとき、ケータイの鳴る音がして、芳夫は飛び上るほどびっくりした。

「私のケータイだわ」

真知子は落ちついていた。バッグからケータイを取り出すと、

「もしもし。――はい、古屋の家内です。――あ、刑事さん、ご苦労さまです。申し訳ありません、家を空けてしまって。何とかお金を作ろうとして……」

真知子はしばらく刑事の話に耳を傾けていた。

「――そうでしたか。ご心配をおかけしてすみません。いえ、野田美里さんから鍵を借りたのは確かに私です。――隠しているつもりはなかったんですが、誘拐犯から手紙が。――ええ、電話は警察に聞かれていると分っていたようで。それで、身代金の受け渡しと邦芳を返すのに、誰にも知られない場所を捜せと言って来たんです。それで主人と相談しまして、美里さんのことを思い出して……。黙っていて申し訳ありません。あの子の安全のために、向うの言うことを聞かないと、と思いまして。――はい、実は今、その家に来ています。一応どうなっているか見ておかないと、と思いまして……」

芳夫は、真知子が少しの焦る様子もなく、刑事を相手に話しているのを見て、感心していた。

今、目の前に死体があるというのに。

「――ええ、主人もここに。これから戻ろうと思っていたところです。色々ご心配かけ

て申し訳ありません……」

真知子は通話を切ると、「あなた。奈美さんをどこかへ隠しましょう。どうするかは、後で考えることにして」

「ここのことが知れてたのか」

「誰かが気が付いてたようだわ。でも、奈美さんをさらって来たとは思ってないでしょう。——何とかうまくごまかさないと」

「ああ。この辺に、いい場所があるといいが……」

「この周囲は雑木林だわ。中へ捨てておけば、まず分らないわよ。後で、どこかへ埋めるかして……」

「うん。——分った。そうしよう」

芳夫は真知子の冷静な様子を見て、息をつくと、「今は、一億って金を作ることだ。刑事がここのことを知ってるんじゃ、親父さんを脅迫するってのは危険だな」

「ええ。私たちが怪しまれないようにしないと。——お父さんとじかに話すわ。犯人が何日か待つ代りに、身代金を一億と言って来たという話にするわ」

「なるほど。——初めからそういうことにしておけば……」

「済んだことは仕方ないわ」

と、真知子は言った。「さあ、これを何かでくるんで、人目につかない所に隠しましよう」

「――そうですか。分りました。――いえ、お手数かけて……」

爽香は通話を終えると、夕食のテーブルに戻った。

「どうした」

と、明男が訊く。

「うん、いいの」

珠実が一緒である。もう色々話も分る。

後で話すわ、と明男に小さく肯いて見せた。

「珠実ちゃん、同じものばかり食べてちゃだめよ」

――迷いはあったが、他にどうしようもなかった。

爽香は刑事ではない。何か「怪しいこと」があるからといって、調べ回るというわけにいかないのである。

あやめとも相談して、「誘拐事件を担当している刑事に話す」ことにしたのだ。

幸い、爽香に「身代金を運ぶ役」を頼もうとした刑事に連絡が取れた。

普通だったら、どこまで真剣に聞いてくれるか分らない話を、しっかり細部まで聞いてくれた。

爽香は後をその刑事に任せることにして、仕事に戻ったのだった。

「——ちゃんと話はついたんだろ」

珠実を寝かせてから、爽香の話を聞いた明男は言った。

「まあね」

「じゃ、いいじゃないか。後は警察に任せろよ」

「うん……。こっちも忙しいしね」

分ってはいる。——古屋真知子の話で、野田美里から家の鍵を借りた理由は説明がついた。

しかし、爽子が駐車場で聞いたことは、それでは説明できない。とはいえ、爽子の耳にしたのが果してその通りだったのかと言われれば、何とも言いようがない。

「——何かあれば、その刑事が調べてくれるさ」

明男の言葉に納得せざるを得なかった。

爽香も、想像できなかったのだ。古屋夫婦が何をしていたのかを。

「あ、明日、夕方から現地見学なんだ」

と、爽香は思い出して言った。「夕ご飯、間に合わなかったら、ごめんね」

「いいよ。メールでもしてくれ」

「うん」

爽香は明男に軽くキスして、ベッドに潜り込んだのだった。

14 明暗

「それじゃ、打合せはこれで」

と、爽香は言った。「今日は午後五時から現地の視察があるわ。もし確認したいことがあれば、四時までに言って来て」

会議室を、バラバラと部下たちが出て行く。——爽香は大きく息をついて、目を閉じた。

「大丈夫ですか？」

と、あやめが声をかける。

「ええ。——ちょっと疲れただけ」

「仕事の他に、あんなことがあってはね」

と、あやめは言った。「その後、どうなったんでしょうね」

「さあ……。心配してたらきりがないわ」

昨日、古屋夫婦の息子の誘拐に絡んで、爽香たちもずいぶん時間を取られた。爽香としては、すっかり納得できたわけではなかったが、今はどうしようもない。

「今日の視察、一緒に行きましょうか」

と、あやめが言った。

「そう……。そうしてくれる？　助かるわ」

「命令すればいいんですよ、『一緒に来い！』って」

爽香は笑った。――あやめはあやめで、山ほど仕事を抱えている。

それでも、爽香としては、自分が過労で倒れるようなことは何としても避けなければならないのだ。

「データのチェックは誰かに任せたら？」

と、爽香は言った。「あやめちゃんに倒れられたら、私が困るわ」

「ありがとうございます」

二人は会議室を出て、オフィスへ戻って行った。途中、あやめが、

「そうだ。さっきネットのニュースで――」

「何かあった？」

「あのSホールで倒れた評論家の古屋八郎さんが亡くなったと」

「あら。――そうなの。大変ね、あの家も」

古屋芳夫としては、息子はまだ戻らず、父親が亡くなって、頭の痛いことだろう。

「身代金を持ってってくれって言われてないですよね」

「断ったじゃないの。そんなこと、できないわよ」

と、爽香は言って、「四時に出かけるとき、数字がすぐ見られるようにしておいてね」

「分ってます。任せて下さい」

あやめのひと言は、爽香の心労を何分の一にもしてくれる。そこへ、

「あ、爽香さん」

と、足早にやって来たのは、荻原里美《おぎわらさとみ》だった。

「里美ちゃん、どうしたの？」

高校生のころから、爽香が見守って来た里美も、今は社長秘書をつとめる三十一歳。

スーツ姿にはプロの爽やかさが鮮やかだ。

「社長が何か？」

「いえ、そうじゃないんですけど……」

そう言うと、里美はピンと背筋を伸して、

「私、今度結婚することになりました！」

と、明るい声で言った。

「まあ！　おめでとう！」

爽香も笑顔になって、「お相手は私の知ってる人？」

「いえ、そうじゃありませんけど、とてもいい人です」

「でしょうね。良かったわね！」

何だか爽香の胸から暗い雲がサッと一気に晴れたようだった。

「式は来年の三月なんですけど」

と、里美は言った。「お願いします。仲人《なこうど》をぜひ！」

「え……。私が？」

「爽香さんの他にお願いする人はいません」

そう言われたら、爽香だって断るわけにいかない。

「はい、承知しました」

と、ちょっとかしこまって、「三月の何日？」

「今、式場の方で日程を調整してるんです。決り次第、すぐお知らせします」

「分ったわ。明男にも言っとく」

「よろしくお願いします！」

その元気の良さは、かつて〈飛脚ちゃん〉というニックネームをつけられて駆け回っていたころの里美を思い出させた。

里美が足早に行ってしまうと、

「良かったわ」

と、爽香は言った。「苦労して来たものね、里美ちゃん。幸せになってほしい」

あやめが冷やかすように、

「珍しいですね。チーフのところに物騒じゃない話が舞い込むって」

と言った。

「そりゃあ……。いいことだってなくっちゃね」

爽香は息をついて、「何だか元気が出て来たみたい」

「仲人、しっかりやって下さいね」

「あ、そうか……。ま、先の話よ。勉強するわ」

そう言って、爽香は、「行きましょ」

と、あやめを促した。


「どうなってるんだ！」

野田靖治は叩きつけるように言った。

苛々と居間の中を歩き回っている姿は、誰の慰めもはねつけるような勢いだった。

「こんな馬鹿なことがあるか！」

野田は今にも壁を殴りつけそうだった。

「お父さん……」

真知子は、できるだけ穏やかな口調で、「落ちついて。奈美さんは子供じゃないわ。きっと何かよほどの事情があるのよ」

「事情だと？　突然いなくなる、どんな事情があると言うんだ！」

「それは分らないけど……」

真知子は父の所へやって来ていた。――もちろん、身代金のことを話しにだが、野田にとっては、妻が姿を消してしまったことの方が切実だったのだ。

「――何か言ったな」

野田が足を止めて、「亭主のことで」

「ああ。――古屋八郎さんって、あの人のお父さんが亡くなったの」

と、真知子は言った。「でも、差し当りはどうしようも……」

「分ってる」

野田はソファにドカッと身を沈めた。「金のことだな」

「お願い。奈美さんのことが心配なのはよく分るわ。でも、邦芳の命が――」

「ああ、くり返さんでもいい」

野田は大きく息を吐くと、「一億、用意するように言ってある」

「ありがとう！　邦芳が戻ったら、きっと恩返しするわ。主人も分ってるのよ。でも、今は父親のことと、犯人からいつ連絡があるか分らないので、家を空けられないの」

野田は、しかし、真知子の話をちゃんと聞いていなかった。

「奈美……。お前らは嫌っていたが、あいつは情のある女なんだ。俺の金を当てにしてたわけじゃない」

「ええ、そうでしょうね。身代金のことも分ってくれたって聞いて、申し訳ないと思ってるわ。奈美さんのことを誤解してた」

「あいつは……心根のやさしい奴なんだ」

「本当ね。――大丈夫よ、きっと。もしかして、事故にでも……」

「調べてくれている。そういう事故は起っていないそうだ」

「警察が、きっと見付けてくれるわ」

「怪しいもんだ」

と、野田は苛々と、「警察に相談しても、何しろ三十八の女だと言うと、向うは『自分で家を出ただけだろう』という顔をするんだ。――確かに、小さな子供じゃない。だが、あいつがここを出て行く理由なんかどこにもない」

「ええ」

「警察の奴が遠回しに言いおった。『奥さんと特に親しかった男性とか、いませんでしたか?』とな。奈美が駆け落ちしたと思ってるんだ！　好きな男ができれば、俺に分らないわけがない！」

「そうよね。――ね、突然、発作のようなものとか、意識を失ったとか……」

「どこか悪いところがあるなんて話は聞いたことがない」

と、野田は言った。「もし、そんなことなら、会社の近くの病院にでも運ばれてるだろう。その辺も調べた」

父がこれほど取り乱すのを、真知子は初めて見た気がした。奈美を本気で愛していたのだ。

それなら、なおさらのこと、自分たちが奈美を死なせてしまったことを、父に知られてはならなかった。

あの美里の家の裏手の雑木林に置いて来た奈美を、どうにかしなくてはならない。いくら人の通らない辺りだとはいえ、いつ誰がたまたま発見しないとも限らない。

しかし、今は芳夫も真知子も、身動きがとれないのだ。

野田のケータイが鳴った。

「――ああ、俺だ。――そうか。ご苦労だった。――明日の午後だな。分った」

真知子は息を呑んだ。野田は切ると、

「明日の夕方には一億円揃う」

と言った。

「ありがとう！」

真知子は駆け寄って、父の手を握った。

「ともかく……これで邦芳の方は大丈夫だろう」

「ええ。感謝するわ。犯人が捕まれば、お金も戻ってくるかも……」

「まあ、それはいい」

野田は首を振って、「お前、帰った方がいいんじゃないのか」

と言った。

「でも……心配だわ、お父さんのことが」

「大丈夫だ。会社の連中が交替で来てくれる。それこそ、奈美が夜中にでも連絡してくるかもしれんからな」

「それなら安心ね。——じゃ、私、一度帰るわ。また来るけど」

「明日、会社へ来い。五時過ぎの方が、目立たなくて良かろう」

「そうするわ」

「金を入れるバッグを持って来い。犯人から指定はあるのか」

「まだ何も。たぶん明後日《あさって》、渡すことになると思うわ」

「無事に戻ってくれるといいな」

「きっと戻ってくる。——信じてるわ」

真知子は父の手を軽く握って、「それじゃ……」

——真知子は自分の車で来ていた。

少し車を走らせると、人通りの少ない道で一旦停めて、芳夫へケータイで電話した。

「——明日の夕方、お金が揃うわ」

「そうか」

芳夫は息をついて、「奈美のことは、どう言ってる?」

「ひどくショックみたいよ。突然いなくなれば当然かもしれないけど」

「親父の方は、とりあえず待ってもらうことにしてる」

「そうね。何もかも、あの子が戻ってから」

「どうするかな……」

「今はどうしようもないわ。ともかく、あのままで」

「うん……。誘拐犯からは、たぶん今夜あたり、連絡してくるだろう」

と、芳夫は言った。


店に行く途中、弓江のケータイが鳴った。

「もしもし?」

少し間を置いて、

「あなたの出番よ」

あの女からだ。

弓江は周囲を見回して、

「本当に私がそんなことを……」

「やってもらうわよ。でも、万一捕まったりしたら、人質だけじゃなくて、あなたの可愛い充代ちゃんも命がないと思って」

淡々とした口調だった。

「分りました」

「明後日の夜、電話に出られるようにしておいて。いいわね。詳しくはまた」

切れた。

弓江は、ケータイを握りしめたまま、店への道を急いだ。

15　オープン前夜

「ただいま」

玄関のドアが開いて、春日が入って来た。

「あら」

弓江は洗いものの手を止めて、「今夜は泊り込みじゃなかったの？」

春日は上って来ると、

「ただいま！　いい子にしてるか？」

と、充代の方へ駆け寄った。

充代が嬉しそうに笑った。

春日は充代の頭をなでて、

「今夜、また行くんだ。準備で徹夜だろうから、晩飯だけ食べて来い、って言われた」

「そうなの。じゃ、冷凍してたのを電子レンジに入れるわ」

「無理しなくていいよ。食べるのはどこかで……。ただ、一旦帰っていいって言われたら、二人の顔が見たくなってさ」

「じゃ、食べましょうよ、一緒に。三十分で用意するわ」

「店はいいのか？」

「今日は休んだの。あなたが帰って来そうな気がして」

と、弓江は言った。

「おい……」

「嘘よ」

と、弓江は笑って、「他の子が、来週まとめて休むから、代ってくれって言って来て」

「そうか。良かった。帰っても、いないかもしれないないなと思ってた」

「嬉しいわ。帰って来てくれて」

弓江は手早く夕食の用意をした。

今夜は店に出ていられない。あの女から、

「身代金の受け取り場所」

を連絡して来るはずだ。

弓江は心細かった。——春日に、何もかも打ち明けて、助けてほしかった。

でも……自分のせいで、もし春日の身に何かあったら。春日だけでなく、充代にまで
……。

だめだ。黙っていよう。そして、うまく言われた通りにやれれば、安心できる。お金なんかいらない。誘拐の共犯なんかにされるのはごめんだ！

「——さ、どうぞ」

弓江は仕度して、お茶をいれた。

「ありがとう。いきなり帰って来て、悪かったね」

「そんなこと……。遠慮しないで」

「充代ちゃんも食べるだろ？」

「でも、このままじゃ……。私がやるわ」

春日は上着だけ脱いで、食卓についた。

「買ってもらったスーツがありがたいよ」

と、春日は言った。

「よく似合うわ」

と、弓江は言った。「とてもすてきよ」

春日は、ちょっと笑って、

「照れるから、よしてくれよ。——でも、今夜頑張って、明日のオープンを成功させるんだ。そうすりゃ、正社員にしてくれるって約束だ」

「きっと大丈夫よ」

「うん。――このカツ、おいしいな」

「ミソカツ。名古屋風よ」

春日が張り切っているのは、多少理由があってのことだった。

明日オープンする〈Gランド〉の前売券が思いの外、よく売れていたのである。駅から遠いというのは不安材料だが、バス会社に交渉して、何本か増便してもらうことができた。

そして、明日は、冬にしては晴れて暖かくなるという予報だった。

「ずっと園内にいるの?」

と、弓江が訊いた。

「どうかな。朝の内は駅前で宣伝とお客の整理。お昼ごろ、〈Gランド〉に戻って、イベントの手伝い、って予定だけど、成り行きでどうなるか分らない」

春日は一気にご飯を食べてしまうと、「――妙だな。明日のことが楽しみで仕方ないんだ。僕みたいな怠け者が、仕事を楽しみにするなんて! 自分でもびっくりだよ」

と笑った。

弓江は、春日への愛おしさで、胸がしめつけられるように痛んだ。――私はこの人を愛してるんだ!

「――さあ、もう行かなくちゃ」

と、春日はお茶を飲みながら立ち上った。

「頑張ってね」

玄関へと送りに出て、「でも、無理しないで」

と、弓江は付け加えた。

「それじゃ……」

「待って」

と、弓江は言って、春日にキスした。

こんなに毎日一緒にいて、こんな風にキスしたのは初めてだ。

「——ありがとう」

春日はちょっとどぎまぎしながら、嬉しそうに、「行ってくるよ」

と出て行った。

食卓へ戻ると、ケータイが鳴り出した。

「——はい」

「明日、昼間に受け取って」

と、女の声が言った。

「どこへ行けば……」

少し間があって、

「あなたの大事な人のいる所」

と、笑いを含んだ口調で、「明日オープンする〈Gランド〉で受け取るのよ」

弓江は愕然とした。

「そんなこと……」

「夜中の公園なんて、目立って仕方ないでしょ。でも明日はオープン初日で、ごった返してる。誰がどこにいるのか、分りゃしないわ」

「どうすれば……」

「お昼の十二時に、〈Gランド〉の中に入っていなさい。場所はこのケータイで指示するわ。警察が張り込んでないか、しっかり見極めて、お金をどこで渡すか、その場で決める。分ったわね」

「――ええ」

「じゃ、しっかりやって。あなたの幸せのためよ」

妙にやさしく言って、女は通話を切った。

そのとき、弓江は「今の声、どこかで聞いたことがある」という気がした。

いや、確信があるわけではなかったが……。

でも、まさか――〈Gランド〉で！

充代を朝の内に預けて、早めに行った方がいいだろう。

でも――向うで春日に出会うかもしれない。何と言いわけしようか？

ああ！　早く終ってほしい！

何ごともなく、終ってくれたら……。何もかも忘れよう。

そして――そう、春日と結婚して、子供を産もう。

明日の不安を忘れようと、弓江はその先の未来へ思いをはせた……。


「爽子ちゃん！　ご苦労さま」

と、爽香が手を振ると、ヴァイオリンケースをさげた爽子は嬉しそうに、

「爽香さん！　来てたんだ」

と、駆け寄って来た。

Sホールのロビー。支配人の中垣宣子が、

「ヴァイオリン、とてもよく響いてたわよ」

と言った。

「ありがとう。お客が一杯入ると、また音が変っちゃうけど」

今日は本番と同じSホールで、〈ジルベスター・コンサート〉のリハーサルだ。

「私のリハは終ったの」

と、爽子が言った。「これからオケのリハがあって、その後はピアノ？」

「その予定」

と、中垣宣子が肯く。

〈ジルベスター・コンサート〉には、ヴァイオリンの爽子の他にも、ピアノや声楽のソリストが何人も出演する。みんな忙しいので、こうしてリハーサルに時間を合せるのも大変なのだ。

「今夜は遅くなりそう」

と、中垣宣子は言った。

「それじゃ、私はこれで」

爽香は、もう打合せを終っていた。「爽子ちゃん、夕飯は?」

「うん、食べて帰るって言ってある。何時に終るか分らなかったから」

「じゃあ、近くで食べて行きましょうか」

「うん!　いいの?」

「今日は母がうちへ来てるの。珠実ちゃんはおばあちゃんがいれば大丈夫」

「それじゃ……」

——二人はホールから近いホテルのカジュアルなレストランに入ることにした。

「このところ、やっと家に少しお金を入れられるようになった」

オーダーをすませて、爽子は言った。

「でも、このヴァイオリンとか、ずいぶんお金使わせちゃってるから」

「まあ、偉いわね」

「でも、ちゃんと活躍してるじゃないの」

「まあ、そうだけど……。コンクール一位っていっても、それだけで仕事が来るわけじゃないし」

と、爽子は言って、「そうだ。そういえば、あの誘拐事件の方はどうなったの？」

「あれね。――その後は何も聞いてないけど」

爽香も、状況は爽子にメールで知らせていた。爽子はちょっと首をかしげた。

「でも――何だかスッキリしないな」

と、爽子は言った。「あのとき聞こえたこと、その話と合わないもの」

「それは私もそう思ってるわ」

と、爽香は肯いた。「ただ、私がそこまで口を出すのは――」

「うん、分ってる。爽香さんに任せちゃったのは、私だから」

爽子の聞き間違い、と考えれば簡単だが、何といっても、音楽家の爽子は耳がいい。

あれほどはっきり「聞いた」と言っていることが違っているとは思えないのだが……。

「それどころじゃないんだ、私も」

と、爽子は、頼んだ料理が来て、気持を切り換えたように、「〈ジルベスター〉の細かいこと、もっと詰めておかないと」

「プロは大変ね」

と、爽香は微笑んで言った。

「明日は室内楽の合せがあるの」

と、食べながら、「みんな忙しいから、夜の九時からだっていうのよ。病院に寄ってる暇があるかどうか——」

と言いかけて、爽子はハッとした様子で口をつぐんだ。

「——爽子ちゃん。病院って……。どこか悪いの？」

と、爽香は訊いた。

「そんなんじゃないの。言っちゃいけない、って言われてるんだけど、つい……」

「話してよ。私に隠すことないでしょ」

「うん……」

爽子は少し間を置いて、「——先週から、お父さん、入院してるの」

「河村さんが？」

胃ガンで、すっかり弱って老けてしまった河村太郎《たろう》に、このところ忙しくて会っていなかった。

「どこか……悪いの？」

「検査しないと……。ただ、体力がなくなってるからって」

「そうだったの」

「お母さんから、爽香さんに言うと気にするから黙ってなさい、って言われてた」

「そんな……。気にして当り前じゃないの」

妻の布子《きぬこ》は学校の仕事で多忙だ。ずっと夫についていられないことを、気にしているだろう。

「以前の病院ね？　二、三日中にお見舞に行くね」

「ありがとう。爽香さんの顔見ると、きっと元気になる」

「そうよ。うんと利用してくれなきゃ」

と、爽香は肯いて言った。

——食事の後、コーヒーを頼んで化粧室へ立つと、爽香はケータイで明男にかけた。

「何もない？　もう珠実ちゃんは寝た？」

と訊くと、

「これから寝るよ！」

と、いきなり珠実が出て、「帰ってくる？」

「もうすぐね。でも、寝てなさい」

「フーン」

と、珠実はつまらなそうに言って、「でも、たまたま起きちゃった、ってこともあるよね」

明男が替って、

「誰かさんに似て、理屈っぽくなったぞ、この子は」

と、笑って言った。

「ちゃんと寝かせてよ」

爽香はそう言って切ると、テーブルへ戻りかけたが……。

何も知らない方がいい。――そうは思ったが、気にしてしまうことまでは、避けられない。

それなら、いっそ……。

ためらいながらも、爽香は誘拐事件の担当刑事のケータイにかけた。――確か石森《いしもり》といったっけ。

「――あ、石森さんですか。杉原爽香です」

「これはどうも。色々ご心配いただいて」

「いえ。あの……その後、何か進展はありましたか？」

少し間があって、

「身代金を明日、渡すことになりました」

と、石森刑事は言った。

「犯人から連絡が？」

「ええ、一時間ほど前です」

「無事に戻るといいですね」

「ぜひ、そうなってくれないと。――奥さんの父親が一億円用意したんですよ」

「そうですか。大変なことですね」

「どうも、無茶なことをお願いしたりして、申し訳ありません」

「いえ……。届けるのは、古屋芳夫さんが？」

「そういうことになります。監視するのは難しいです。人質の安全に係りますからね」

と、石森は言った。「それに、受け渡しの場所が……」

そこまで聞くつもりはなかったが、石森が続けた。

「明日オープンする〈Gランド〉という遊園地なんですよ」

「〈Gランド〉？」

「ご存知ですか」

「いえ――ちょっと知ってる人が勤めていて。じゃ、人ごみに紛れようということですね」

「ええ、昼間の遊園地ですからね。しかもオープンの日で、どれくらいの人出になるか、見当がつきません」

お金で、幼い人質が戻るのなら、それはまず実現させなければならない。

「お邪魔しました」

と、爽香は言って通話を切った。

――〈Gランド〉で？　あの春日という男の勤め先ではないか。

「偶然ね」

と呟くと、爽香はテーブルへと戻って行った。

爽子が聞いたのが何だったのかは、分らないままだった……。

16　危い選択

机の上の時計の針が、十一時を指した。午前十一時である。

爽香は仕事の手を休めて、ウーンと伸びをした。

「大丈夫ですか?」

と、久保坂あやめが訊く。

「ええ。もう若くないの。それだけよ」

爽香は深く息をついて、「さ、お昼までに、これを片付けないと……」

目の前のファイルはまだ数センチの厚さがあった。

「――チーフ」

と、あやめがパソコンの画面を見ながら言った。「見て下さい。造園の現場の映像が……」

「何か問題あった?」

と、席を立って、あやめのパソコンを覗きに行く。

「ベンチの種類、違ってませんか？」

庭のデザインや、遊歩道に置くベンチまで、細かく詰めて、決めてある。

「これ、今の映像？」

「そうです。見られるように、カメラの絵をこっちへ——」

「ベンチ、違ってるわね。——現場に連絡して。注文してたのと、商品番号が違ってるんじゃないかって」

「分りました」

あやめが電話へ手を伸したが、とたんに鳴り出して、「——はい。——チーフに？」

あやめは爽香を見ると、

「下のロビーに来客だそうです」

「どなたかしら？」

「春日さんです」

爽香は一瞬立ちすくんだ。

「あの春日さん？」

「そうみたいですよ。どうします？　約束はないですから、お引き取り願いますか？」

〈Gランド〉が今日オープンするはずだ。そして、古屋芳夫が一億円の身代金を、〈Gランド〉へ持って行く……。

「下へ行くわ」

と、爽香は言って、「一緒に来てくれる？」

「もちろん」

あやめは立ち上って、先に立ってエレベーターへと急いだ。

「何かあったんですか？」

と、あやめがエレベーターの中で訊いた。

「分らないけど……。偶然にしては……」

詳しく説明している間もなく、一階に着いた。

ロビーで、春日が落ちつかない様子で立っている。

「春日さん、どうなさったんですか？」

と、爽香は訊いた。

「杉原さん、申し訳ありません、突然やって来てしまって……」

「今日、〈Gランド〉のオープンでしょう？」

「そうなんです。それが……」

と、口ごもって、「あの……どうしていいか分らなくて……。杉原さんのことを思い出して、つい……」

「何があったんですか？」

「ゆうべは〈Gランド〉に泊り込んで、今朝十時にオープンしています。実は、朝、支給された〈パスポート〉という入場パスを、アパートに忘れて来たのに気付いて、取りに戻ったんです。弓江はいなくて、パスを捜して押入れを開けると……」

春日は首を振って、「バッグがあって、その中に札束が……」

「お金が？」

「それが……」

見せ金だけの札束のことを、春日は説明して、「一束、持って来ましたが」

爽香は、それを調べて、

「まさか、弓江さんが誘拐事件と係りを？」

「そんなはずはありません！　これにはきっとわけが――」

「待って下さい。もし、弓江さんがそんな犯罪と係っていたら、もっとお金を持ってますよ」

「そう。――そうですよね」

「春日さん。今日、〈Gランド〉の中で、身代金の受け渡しがあるはずなんです」

「は？　〈Gランド〉の中で？」

春日が啞然とする。

「どうして誘拐犯が〈Gランド〉を指定して来たのかと思っていました。――弓江さんと連絡は？」

「怖くて、連絡していません」

と、春日は言った。「彼女が充代を抱えて、そんなことに手を出すなんて、考えられません」

爽香とあやめは顔を見合せた。

「チーフ……」

あやめが口を開いたが、爽香の表情を見て諦《あきら》めたように、「お願いですから、一人で行かないで下さい」

「でも、あやめちゃんまでいなくなったら、仕事が――」

「麻生《あそう》さんに行かせます」

あやめは、ケータイで麻生賢一《けんいち》にかけて、

「すぐロビーに下りて来て！　そのまま外出」

「待ってよ」

と、爽香はあわてて、「私だって、このままじゃ出かけられない。春日さん、十分待って下さい。〈Gランド〉へご一緒します」

春日は信じられない、という顔で、

「来ていただけるんですか？　本当に……」

そう言いかけたときには、爽香はエレベーターの方へと小走りに向っていた。

弓江は、〈Gランド〉の入場券売場で、思いがけず行列ができていて、焦った。

まさか、こんなに客が来ているとは思わなかったのだ。

〈Gランド〉のオープン初日は、想定以上の人出だった。

十二時までに中へ入る。——入場券は、自動販売機がまだ二台しか使えず、窓口の人手での販売が大半になっていた。

そのせいで、行列ができていたのだ。

早く早く——。

もっと早く出てくれれば良かった、と思ったが、ここまでどれくらい時間がかかるか見当がつかなかった。

それでも、何とか入場券を買って園内に入ったのは、十二時の五分前だった。


一方、古屋芳夫は、さすがに早く、午前十時半には〈Gランド〉へ入っていた。

「昼までに入っていろ」

という指示だったのだ。

芳夫は、一億円の札束を入れたバッグをさげていた。——ふしぎと、緊張感がない。

ともかく、犯人がこれで満足してくれるだろうという予測が立てられたのが大きかった。——もちろん、真知子の方が度胸はいいのだが、バッグは彼女には重すぎる。

〈Gランド〉の入口を入ると、正面に噴水と池があって、その両側には、グッズを売る店が並んでいる。

「意外と人が入ってるな……」

と、中を見回して、芳夫は呟いた。

すると、ケータイが鳴った。

「——もしもし」

「〈ショップ〉へ入って、買物用のショッピングカートを買え」

と、男の声が言った。「マスコットのキャラクターが付いてる。それからトイレに入って、金をそのショッピングカートへ移せ」

切れた。——芳夫は息をついて、

「よし。落ちつけ……。邦芳を助け出すんだ!」

と、自分へ言い聞かすように、口に出して言うと、〈ショップ〉へ向った。

十二時になった。

弓江は、園内の人ごみにびっくりしていた。——交通の便が、お世辞にもいいとは言えない場所だが、「新しいもの好き」の若い世代は、初日に入ることに意味があると考えるのかもしれない。

ケータイが鳴った。

「――はい」

「〈ショップ〉へ入って、マスコットのキャラクターの付いたショッピングカートを買うのよ」

と、あの女性の声が言った。「そして、売ってる雑誌や絵本、何でもいいから、何十冊も買ってカートが重く感じられるまで中へ入れて」

「あの――」

「次はまた連絡するわ」

と言って、女は切った。

弓江は〈ショップ〉へ入った。若い子たちで一杯だ。

今は、こういう遊園地も、入場料やアトラクションの収入だけではやっていけない。こういうキャラクターグッズで商売しているのだ。

「カート、カート……」

あった！　――キャラクター付きのショッピングカート。

それを買って、

「今、使いますから」

と、キャスター付きのカートを引いて歩く。

雑誌と本を売るコーナーがあった。

三十冊近く、雑誌や絵本を買って、カートの中へ入れる。

これでいいかしら……。

他の客にぶつからないように用心して、〈ショップ〉から出る。

――よく晴れていた。

春日はどこにいるんだろう？

アトラクションには、早くも行列ができ始めていた。


「――済んだか？」

と、電話の声が言った。

「今、トイレを出た。どこへ行けば？」

「〈プレイランド〉の裏にベンチがある。そこに座って待て」

すぐに切れる。

「〈プレイランド〉だって？　どこだ？」

芳夫は、園内の地図を広げた。

「これか……」

〈Gランド〉のほぼ中央。——芳夫はカートを引いて、歩き出した。

さすがに、てのひらに汗がにじんでいた。

喉が渇いて、弓江は売店で冷たい飲物を買った。

冬とはいえ、風がなく、晴れて日射しが降り注いでいるので、暑くさえ感じる。

ストローで飲みながら歩いていると、ケータイが鳴った。

「——はい」

「おいしい?」

と、女の声が言った。

どこで見ているのだろう?

「〈プレイランド〉の裏のベンチへ行って。ベンチに座って、指示を待って」

「はい……」

もう、余計なことを考えても仕方ない。

今は、指示された通りに動くだけだ。

弓江は園内の地図を取り出して、

「〈プレイランド〉……。この先ね」

飲物を一口飲んで、弓江は歩き出した。
若い子たちが、にぎやかに笑いながらすれ違って行く。十七、八だろうか。
充代も、いつかあんな風に友だちと一緒に遊園地を歩き回る日が来るのだろうか。
そのとき、私は春日と暮しているのかしら？
そう。失いたくない！　春日との未来を。
心に決めて、弓江は指示された場所へと足を速めた。
そのころ、春日に案内されて、爽香と麻生は〈Gランド〉の中へと入っていた。

17　アナウンス

「わ……」

〈Gランド〉に入った春日は思わず声を上げていた。「凄い人出だ」

本当なら喜ばなければいけないのだが、今はそんなことを言っているときではない。

「この混雑じゃ……」

と、爽香は園内を見渡して、「とても弓江さんを捜せませんね」

「弓江のケータイにかけてみましょうか」

と、春日は言った。

爽香は一瞬迷ったが、

「今、一番大切なのは、誘拐されている子供さんが無事に戻ることです。もし身代金の受け渡しの邪魔をしてしまったら、どんなことになるか分りません。弓江さんが身代金を受け取っても、たぶん弓江さん自身はここから持ち出さないでしょう。外へ出れば、監視されているかもしれない、と犯人は思うでしょうから」

「じゃ、犯人たちは――」

と、麻生が言った。

「この中で、弓江さんから身代金を受け取って、何かに紛れて出て行く。きっとそうよ。弓江さんは、その間のつなぎ役。古屋さんと顔を合せる役として使われてるんだと思うわ」

「それならいいけど……」

と、春日は少し安堵《あんど》した様子で言った。

「この入口の広場は、見通しが良過ぎます。人が大勢たまる場所はどの辺ですか？」

「さあ……。乗り物の間に、たいていスペースがあって、売店も……」

「案内して下さい。万一、弓江さんを見かけても、声をかけないで」

「分りました」

春日は先に立って歩き出した。

爽香が気になっているのは、ここで身代金の受け渡しがあると分っているのだから、警察も全く見張っていないとは考えられない、ということだった。

古屋との間で、身代金を払って子供を取り戻すことが第一という話にはなっているだろうが、現実には、配置された警官が手を出してしまうことがしばしばある。

あの石森《いしもり》という刑事が、この〈Gランド〉のどこかで、園内の様子を見張っていることは、まず間違いない。

仕方ない。今、春日の話を伝えたりすれば、警察の方針が混乱するかもしれない。

爽香は、たとえ後で警察から苦情があっても、ここは別行動を取るしかないと心を決めた。

キャーキャーとジェットコースターから明るい悲鳴が聞こえてくる。

どうか、子供が無事でいますように、と爽香は祈らずにいられなかった。


〈プレイランド〉の裏……。

「ここね」

弓江はカートを引いて、足を止めた。

ベンチに座って……。でも、並んだベンチは、若いカップルや家族連れで埋っている。

どうしよう?

ケータイが鳴った。

「――はい」

「ベンチの並んでる途中に街灯が立ってる」

と、女性の声が言った。「その街灯の手前のベンチに行って」

言われた通りに進むと、

「あの……〈ペンキ塗りたて〉ってなってますけど」

「大丈夫。そこにかけて」

そういうことか。他の客に座らせないための細工なのだ。弓江はベンチに腰をおろして、息をついた。

「座りました」

「街灯を挟んだ隣のベンチに男が座ってるわ。その人も同じカートを持ってる」

横を見たが、街灯に遮られて見えなかった。

「カートをそこに置いたまま、隣の男の人と入れ替って」

「置いたままですか?」

「そう。その男の人が置いたカートを、今度はあなたが引いて、東側のレストランエリアへ行って」

「はい……」

弓江はソロソロ立ち上ると、言われた通りに、カートを残して街灯の向う側へと歩いて行った。

向うから歩いて来た男とぶつかりそうになって、ハッとして足を止める。

男は弓江をにらんで、

「あの子は無事か!」

と言った。

この人が、身代金を持って来たのだ。

「私、何も知りません」

と、弓江は首を振って、「言われた通りにしているだけで」

「そうか……」

男も、弓江の怯えた表情を見て、分ったのだろう。「じゃ……後を頼む」

弓江は、そのベンチにも〈ペンキ塗りたて〉の紙が貼ってあり、同じカートが置かれているのを見た。

――東側のレストラン。

東……。東ってどっち？

カートを引いて、弓江は案内図を取り出しながら、

「東……。今、こっちを向いているから、この先だわ」

と呟いた。

引張っているカートは、自分が雑誌などを入れたのより重いようだった。

現金が入っているのだと思うと、重く感じてしまうのかもしれない。

園内は一段と混み始めていた。

東側のレストラン。――レストランといっても、簡単に食べられるものだけで、半分

近くのテーブルは表のテラスに置かれていた。

まだたいていの客は乗物などが先で、食事の席は、所々空いていた。一時を過ぎたころが一番混むのだろう。

ケータイが鳴った。

「その空いたテーブルに」

と、指示された。

丸テーブルに椅子が四つ。

「一番近くの椅子にかけて。カートは自分の前に」

「はい……」

どうなるのだろう？　これが身代金なのだ。どこへ運べばいいのか……。

そのとき、爽香たちが弓江を見付けていた。


「あそこだ」

と、春日が言った。

爽香は足を止めた。弓江に会ったことはあるが、遠くから見て分るほどは見知っていない。

「どこですか？」

「あの丸テーブルに座って、半分こっちに背中を向けてます。クリーム色のコートで」

と、春日が言った。

「分りました。ショッピングカートを前に置いてる人ですね」

「そうです」

爽香は、弓江を斜め後ろから見る位置にいて良かったと思った。正面から出会っていたら、弓江の方でも春日に気付いただろう。

「ここで待ちましょう」

と、爽香は言って、弓江のほぼ真後ろになるように動いた。

レストランのオーダーカウンターの近くなので、客が大勢いて、立っていても目立たない。

「あのカートは、弓江さんの？」

「いえ、家のじゃないです」

麻生がじっと見ていたが、

「この〈Gランド〉のカートですよ。キャラクターがプリントしてあります」

と言った。

「目がいいわね」

と、爽香は言った。「あの中に、たぶん身代金が……」

あそこに座っているのは、おそらく犯人の指示だろう。ということは、犯人があのカートを受け取りに来るはずだ。

「麻生君」

「はい」

「動画、撮れる？」

「ええ」

「弓江さんの方へ向けて、撮って」

「分りました」

「あちこちへ目をやってね。ずっと同じ方を撮っていると分らないように」

「任せて下さい」

ケータイやスマホを使っている客はいくらもいるから、目立つまい。しかし、万一、この周囲の客の中に犯人の一味の「見張り役」が混っていたら――。

麻生は、爽香からすこし離れて、歩き回って、あちこち見回しながら、弓江の後ろ姿を撮っていた。

そのとき、東南アジアのどこかのグループらしい客たちが二、三十人もゾロゾロとレストランの方へやって来た。そして、座っている弓江の前後を通って、レストランの中へと入って行った。

弓江の姿が、遮られて見えなくなった。

一瞬の出来事だった。

弓江は、そのグループが目の前を通り過ぎたので、思わずカートを自分の方へ引き寄せた。

そのとき、人々の間をすり抜けるようにやって来た女性が、同じカートを引いているのを、弓江は目にとめた。

サングラスをかけた、その女性が、弓江の手からカートを奪うと、自分の引いて来たカートを弓江の方へ押しやった。そして、素早く行ってしまった。

——弓江は、呆然としていた。

すり換えたのだ。しかし、ほんの一瞬のことで、弓江は本当にカートが入れ替ったのかどうか、半信半疑だった。

すり換えた!

爽香はその女がカートを引いて、アッという間に家族連れの中へ消えてしまうのを見ていた。

弓江が当惑した様子で立ち上る。ケータイで話している。移動するように指示されているのだろう。

弓江が、カートを引いて、レストランの奥へと入って行った。

「――見ましたか？」

と、麻生が言った。「鮮やかですね」

「撮れた？」

「撮ってましたけど、人に遮られて。どれくらい写ってるか分りません」

「後で役に立つかもしれないわ。その動画、取っておいて」

「もちろんです」

レストランの中に入った弓江は、空席を探してキョロキョロしている内、春日に気付いた。

立ちすくんでいる弓江を見て、爽香は、

「春日さん、行ってあげて。何も心配しなくていいから、って。そうしないと、弓江さんが取り乱してしまいますよ」

「分りました」

春日は急いで弓江へと駆け寄って、肩を抱いた。弓江は緊張の糸が切れたのだろう、春日にすがるようにして泣き出してしまった。

そのとき、レストランに入って来る数人の男たちが目に入った。――刑事だ、と爽香には分った。

「その中身を」

と、弓江に話しかけている声に聞き憶えがあった。

爽香は歩いて行くと、

「石森さんですね。杉原です」

と、静かに語りかけた。「話は目立たない所で。奥に入りませんか？」

「――そういうことですか」

と、石森が肯いて、「事情は分りました」

「申し訳ありません」

と、弓江が涙声になって、「あんなお金を持って来なければ……。でも、一円も使っていません」

「僕に話してくれれば良かったのに」

と、春日が言った。

「ごめんなさい。あなたを失うかもしれないと思うと、怖くて……」

レストランの責任者に話して、調理場の隅に入らせてもらっていた。

「――ともかく、金は犯人に渡ったんだ」

と言ったのは、古屋芳夫だった。「邦芳が無事に戻ってくれば……」

爽香は時間を稼ぎたかったのだ。弓江が身代金の受け渡し役をやらされた事情を石森刑事に説明して、麻生が撮った動画を見せるのを後回しにした。

カートを引いた女性を、すぐに手配しかねないと思ったからだ。

しかし、もう十五分たっている。犯人はそう園内にぐずぐずしてはいないだろう。

「これと同じカートを持った女性ですね」

と、石森が言った。「出入口に防犯カメラがあります。必ず映っているでしょう」

「しっ！」

と、爽香が言った。「今、アナウンスが……」

「何か――」

「迷子のお呼出しが……」

レストランの方から、園内のアナウンスが聞こえてくる。

「お呼出しを申し上げます」

と、アナウンスが聞こえて来た。「古屋邦芳ちゃん、古屋邦芳ちゃんのお父様、お母様。おいでになりましたら……」

「邦芳！」

と、古屋が声を震わせた。

「春日さん、迷子の案内所はどこ？」

「園の事務所です。こっちへ——」

 春日が先に立って、調理場から出る。

 園内の客を縫いながら、一同は正門に近い建物へと急いだ。

 その場所へ、飛び込むような勢いで入って行った古屋は、椅子にちょこんと座っている男の子を見て、

「邦芳！」

と叫ぶと、駆け寄って肩をつかんだ。

そして、
その場に膝をついて、泣き出してしまった。

「邦芳……。良かった……」

「これはつまり……」

と、石森刑事が言った。

「犯人がもう安全な所へ逃げている、ということですね」

と、爽香は言った。

石森が迷子の担当の女性に、邦芳を誰が連れて来たか訊いたが、ジェットコースターの係のバイトの子が、一人で立っている邦芳を見て連れて来たということだった。

「ポケットに、名前を書いた紙が入っていて……」

「そうか」

石森が息をついて、「悔しいが、やられましたね」

「でも、邦芳ちゃんが無事に戻ったんですから」

爽香は、古屋芳夫が妻に電話して、子供の声を聞かせているのを、ホッとした思いで眺めていた。

18　気疲れ

「損な役回りですね、本当に」

と、久保坂あやめが渋い顔で言った。

「仕方ないわ」

爽香はパソコンを閉じて、「明日、出勤して片付ける」

「私も来ます」

「いいのよ。少しは旦那様とのんびり過してちょうだい」

「チーフが一人で働いていると思ったら、落ちつきませんよ」

――もう夜、十時を回っていた。

爽香が春日について〈Gランド〉に出向いたり、その後、警察での事情説明に時間を取られたせいで、仕事が遅れていた。

もう、あの〈Gランド〉での身代金受け渡しから三日たっていたが、たまった仕事はなかなか減らない。

結局、週末も出勤しなければならなくなった。

「チーフ、帰ってから食事するんですか?」

「そうね。——その辺で何か食べて行こうかしら」

ビルを出て、二人は地下鉄の駅の近くのコーヒーショップでサンドイッチをつまんだ。

「——でも、あの誘拐犯、手際がいいですね」

と、あやめが言った。

「そうね。こううまくやれると、また誰かを狙うでしょうね。小さな子供をさらうなんて、卑劣だわ」

石森があてにしていた防犯カメラは結局役に立たなかった。

園の入口近くのトイレで、あのカートの台車部分だけが見付かった。犯人はトイレでカートのバッグだけを外して、他のトランクか何かに入れて、持ち出したのだ。

園の正門近くには海外からの客のために大型のトランクの入るコインロッカーがあり、犯人はそこを通って外へ出たと思われた。当然、麻生の撮った動画にわずかに写っていた女も、おそらくコートを替えているに違いなかった。

持ち去った一億円には印をつけていないので、ほとんど何の手がかりもなかったのである。

「あの〈Gランド〉の春日さんはどうなったんですか?」

と、あやめが訊いた。

「弓江さんと二人、かなり叱られたけど、何とか許してもらえたみたい。コインロッカーにあったバッグを、今鑑識が調べてるそうよ」

弓江については、爽香が石森に頼んで、口添えしてもらった。

「手数料に百万円くれると言っていました」

という弓江の話で、石森はそれが犯人につながるかもしれないと考えたのだ。

「昨日、春日さんからメールが来たわ」

と、爽香が言った。「あの次の日、弓江さんと結婚したんですって」

「まあ。じゃ、一つはいいこともあったんですね」

「そういうことになるわね」

爽香は微笑んだ。――あの二人が出会ったいきさつも春日から聞いていたので、二人が結ばれてほしいと思っていたのだ。

「チーフ、ケータイが」

「あ、本当だ。いやね耳が遠くなったのかしら。――もしもし」

店内は空いていたので、座ってサンドイッチをつまみながら出た。

「杉原さん。石森です」

「ああ、刑事さん。先日は……」

「実は、ちょっとご相談がありまして」

「え？」

爽香は一瞬身構えた。また身代金を運べとか、そんな話では……。

しかし、そういうわけではないようだった。

「先輩の話で、杉原さんから事件の解決のヒントをいただいたこともあると伺って、お忙しいとは思いますが……」

いやに低姿勢である。

「何かお役に立つのでしたら」

「はあ、ぜひお目にかかりたくて。明日でも会社へ伺ってもよろしいでしょうか」

「待って下さい。仕事があるので……。ではお昼休みにでも？」

「もちろん結構です」

会社へ来られたら、爽香が何かやったのかという噂になるかもしれない。爽香は十二時に〈ラ・ボエーム〉で会うことにして切った。

話を聞いて、あやめが、

「凄いですね。警察がご意見を聞きに来るって、シャーロック・ホームズみたいじゃないですか」

「やる気のないホームズだわ」

と、グチを言ったものの、爽香にはまだ引っかかっていることがある。

一つは、爽子が駐車場で耳にしたこと。もう一つは、春日の服にコインロッカーの鍵を入れたスリのことだ。

誘拐犯とつながっていることは明らかだが、スリの男は死んでいる。そこは捜査がどうなっているのか……。

放っておけばいいようなものだが、それができずに、つい考え込んでしまう爽香であった……。


「そうなんです」

と、石森刑事は、コーヒーを一口飲んで、「やあ、旨いコーヒーですね！　職場じゃ、インスタントしか……」

「ここはおいしいんです。ごひいきに」

と、爽香は言って、「あのスリのこと、何か分ったんですか？」

「佐原という名でした。車にひかれて死んだのですが……」

「殺されたんでしょうか？」

「そこなんです」

と、石森は言った。「実は佐原をひいた車が分ったんですよ」

「それじゃ……」

「それが、南米のある国の外交官が運転していたんです」

「外交官?」

「ええ。大分酔っていたらしくてね、ブレーキも踏まずにひいて、逃げてしまったそうなんです」

「待って下さい。それじゃ……佐原ってスリを殺そうとしたわけじゃなかったんですか?」

「どう見ても、単なるひき逃げでしてね。我々もがっくり来ました。そこから誘拐犯へたぐって行けるかと思っていたので」

「本当ですね」

爽香はそう言ってから、「あ、マスター……」

と、増田《ますだ》へ声をかけた。

「サンドイッチでしょ? 今持ってくところですよ」

と、サンドイッチを二皿テーブルへ運んで来る。

「さすがマスター!」

「察してますよ、杉原さんのことは。こちらの刑事さんも、空腹でいらっしゃるようにお見受けしたので」

「いや、ズバリです」

と、石森は言った。

「じゃ、つまみながら……」

爽香はサンドイッチをつまんだ。パンがしっとりしておいしい。

「弓江さんの所にあった袋は？」

「調べていますが、どうも……。この誘拐犯は頭がいい」

「そうですね。また次の事件が起きなきゃいいんですけど」

「TVなどでも呼びかけています、小学校前の子供さんたちは特に用心するように。今のところ人質が殺されたりはしていませんが、ちょっと歯車が狂えばどうなるか……」

「殺されてはいませんが、お子さんによっては、将来、トラウマを抱えていく人もあるでしょう」

「いや、全くですね」

「でも、そうなると……」

と、爽香が言いかけたとき、店の戸が開いた。

「いらっしゃいませ」

という増田の声に、爽香は入口の方へ目をやって、

「あら」

入って来たのは、何と春日と弓江だったのである。

「お礼に上りました」

と、春日は言った。「何もできませんが、これ、弓江さんのこしらえたクッキーで、割といけるんです」

「ご当人の前で『割と』はないでしょ」

と、爽香は笑って言った。「ちょうど刑事さんも一緒」

すっかり恐縮しながら、春日と弓江もテーブルに加わった。

「――おいしいコーヒー」

と、弓江が一口飲んで、「お店でも、アルコールのだめな方にコーヒー、お出ししますけど、ひどいもので……」

「百万円の報酬のことで、何か連絡は？」

と、石森が訊いた。

「いえ、今のところは何も……」

「受け取る気がないと分ってるでしょうから、犯人の方もわざわざ危いことはしないでしょう」

と、爽香は言って、「そうそう。ご結婚おめでとう」

「あ……はあ……その……」

春日は真赤になっている。

「お子さんは？」

「今日は親しいお友だちが預かってくれています」

と、弓江が言った。「〈Gランド〉が一か月ほどして落ちついたら、この人が正社員にしてもらえると思うので、私も何か昼間の仕事を捜そうかと思って」

弓江の顔は晴れ晴れとして明るかった。

「弓江さん、声がいいわね」

と、爽香は何げなく言った。「言葉がとてもはっきりしてる」

「そうでしょうか。――私、中学、高校と放送部にいて、〈お知らせ〉とか読んでいたんで」

と、弓江が少し照れたように言った。

「そんなこと、初耳だ」

と、春日が目をパチクリさせて、「色々知らないことが沢山あるんだな」

「あの――」

と言いかけて、弓江は言葉を切った。

「どうしたの？」

「いえ……。こんなこと……。自信はないんですけど……」

「それって、事件のことで？」

「ええ。実は――私にあれこれ指示の電話をかけて来た女のことです。あの声に、何だか聞き憶えがあるような気がするんです」

石森が身をのり出して、

「心当りが？」

「それが……どうしても思い出せないんですけど、確かに聞いたことがあるようで……」

と、弓江が眉を寄せて、「すみません、いい加減なことを」

「考え過ぎない方がいいわ」

と、爽香は言った。「その内、何かの拍子に思い出すかも」

「そうですね。思い出したら、すぐご連絡します」

と、弓江は言った。「放送部にいたころ、レコーダーを持って、先生や生徒のインタビューする企画をやったりして、人の声には敏感なんです」

何か思いがけないところから、事件が解決するかもしれない。

声か……。爽子が聞いたことも、すっきりしないで残っている。

「――古屋さんは安堵してらっしゃるでしょうね」

と、弓江が言った。

「お子さんをまだ幼稚園へ通わせていないようですよ」

と、石森が言った。「外へ出すのが怖いとおっしゃって」

「その気持は分りますね」

と、爽香は肯いた。

「一億円なんて大金を用意できるお宅だったんですね」

ニュースで、子供が無事に戻って来たことも放映されていて、嬉し涙を流す母親の映像がくり返し出ていた。

石森が思い出したように、

「古屋さんが、父親の〈お別れ会〉を、改めてやると言ってましたよ」

「ああ、Sホールで倒れた方ですね」

「クラシック音楽の世界では有名だったようですから」

――爽香も仕事があり、四人は一緒に〈ラ・ボエーム〉を出た。

支払いを誰が持つか、もめたが、結局爽香と石森が半々で払うことにした。

四人が出て行ってから、店の奥から中川《なかがわ》が出て来ると、

「全く、色んなことに係る奴だ」

と、苦笑した。「それに、あの刑事、ここの常連になられちゃ困るな」

19　失　踪

真知子がエレベーターを降りると、目の前に古くから父の秘書をつとめている女性が立っていた。

「あ、お嬢様」

「あら、久しぶりね」

と、真知子は言って、「『お嬢様』はやめてよ。もう三十三よ」

「でも、つい……」

その秘書、江川久美子《えがわくみこ》はそう言って、「大変でしたね、この度は」

「ええ。寿命が縮んだわ、きっと」

「でも、坊っちゃんが無事に戻られて、本当に良かったですね」

「そうね。——父のおかげよ。主人や私じゃ、とても身代金を用意できなかったわ」

「それは、お孫さんのことですもの」

「ええ……。犯人が捕まって、少しでもお金が戻るといいんだけど」

一旦犯人の手に渡った一億円が戻ることはまずあり得ないと分ってはいたが……。

「父はいる？」

と、真知子は訊いた。

「はい、社長室です」

と、江川久美子は言って、「でも……お元気とはとても言えなくて」

「そうでしょうね」

真知子は肯いた。「話してみるわ、父と」

場所は分っている。それじゃ、と行きかけた真知子に、

「お嬢様」

と、江川久美子が言った。

「なあに。どうしたの？」

「あの……噂が……」

と、久美子は口ごもった。「もちろん、本当のことなのか分りませんけど……」

「奈美さんのことね？」

「そうなんです。奥様がどこかへ行ってしまわれたとか」

「まあ……あなただったら、話してもいいわね」

二人はエレベーターホールで話していたのだが、話がデリケートな方向に向う可能性

があったので、エレベーター前から離れた。

「——本当なのよ」

と、真知子は言った。「どこへ行ってしまったのか……」

「じゃ、やはり。——社長はこのところ、会議や打合せも、ほとんどキャンセルされてしまって……。奥様を心配してのことなんですね」

「そういうことよ」

と、真知子は肯いた。「もちろん、心当りは捜したし、事故にあったんじゃないか、とか、心配はしてるわ、私も」

「分ります。でも、ご自分で出て行かれたのでしたら、なかなか……」

「そうなのよ。子供じゃないし、家出といってもね。——実はね、今日来たのは、こちらの幹部社員から頼まれてのことなの」

「まあ、そうでしたか」

「今のままだと仕事に支障が出ると心配してね。私から何とか話してみてくれということで」

「お嬢様がお話しになれば、社長もきっと、気を取り直されますよ」

「だといいけど……。じゃ、奈美さんのこと、黙っていてね」

「もちろんです！　でも、噂は止められないでしょうが」

「それは仕方ないわね。——話せて良かったわ」

社長室へと向う真知子を、江川久美子は見送ってから、エレベーターホールに戻った。

エレベーターで一階へ下りる。

「妙ね……」

と、江川久美子は呟いた。

野田が奈美と結婚するとき、猛反対したのは真知子だった。久美子も、真知子が奈美のことを、口を極めて罵《ののし》るのをずいぶん聞かされたものだ。

真知子はしばらく父親と絶縁状態だったはずで、だから今度の誘拐事件で、野田が一億円の身代金を出したと知ったとき、驚いたのである。

野田はともかく、奈美がよく承知したものだと思った。奈美も名目上のことだが、この社の幹部社員だ。

夫が身代金を払うのに反対してもおかしくなかった。

「まあいいわ……」

久美子は肩をすくめて、「私には関係ないし……」

エレベーターの扉が開いた。一階で降りると、久美子は足早にビルの玄関へと向った。

「お父さん……」

社長室のドアをそっと開けて、真知子は声をかけた。

「——真知子か」

と、野田が言った。

ドアの方に背を向けて、野田は社長の椅子にかけていた。

「色々ありがとう。本当に感謝してるわ」

「邦芳はどうだ」

「ええ。幸い、そう怖い目にもあってないようで、うなされたりもしないで、よく眠っているわ」

「それは良かった」

と言って、野田はクルッと椅子を回して真知子の方へ向いた。

「お父さん……」

真知子は言葉を呑み込んでしまった。

野田は、この何日かの間に、老いてしまっていた。——これほどのショックだったのか、と真知子は思った。

そして、恐怖に青ざめた。もし、自分と夫が奈美を殺したことを知ったら、父は一体どうするだろう？

想像するだけでも恐ろしかった。

「どうかしたのか」

と、野田は言った。

「いえ……。ただ心配で、様子を見に来たの」

とても、仕事に戻ってくれと言えるような状況ではない。

しかし、野田の方から、

「誰かに言われて来たか」

と言い出した。

「お父さん……」

「俺はもう引退しようと思っている」

と、野田は言った。

「そう」

真知子は、ソファにかけて、「でも——今お父さんが辞めたら、会社はやっていけないでしょ。仕事を少し減らして、海外出張なんかは他の人に任せるとか……。それはいいと思うけど。やっぱりお父さんなしじゃ、〈N貿易〉はだめよ」

こわごわだったが、父を持ち上げるようにしてみた。どう反応して来るか、見当がつかなかった。

だが、幸い野田は苦笑して、

「お前も変ったな」

と言った。「昔のお前なら、俺にお世辞など絶対に言わなかった」

真知子は少しホッとして、

「お世辞じゃない。本当のことよ。――今度のことで、お父さんが頑張ってくれてて、本当に良かったと思ってるの」

「そうかな……」

「そうよ」

野田は少し黙っていたが、

「――久美子はいたか」

「今、出かけるところだったわ。この近くでしょうけど」

野田はポケットからケータイを取り出すと、

「――おい、今どこにいる？　――じゃ、すぐ帰れるな。三十分したら、幹部を会議室へ集めろ。会議だ」

真知子は、父が気力を振りしぼって立ち直ろうとしている姿を見て、涙がこみ上げて来た。

でも――でも、奈美はもう生き返らない……。

病室のドアを開けるには、いつもある決心が必要である。

爽香も四十五歳になって、親しい人を見送ることも多くなった。

でも、もちろん、河村はまだそこまでは……。

「失礼します」

と、わざと少しおどけた調子で声をかける。

河村太郎は個室に入っていた。

「爽香君か？」

と、ベッドから声がした。

「はい。お邪魔しても？」

「退屈してるんだ。もちろん入ってくれよ」

「じゃ、失礼して」

爽香はベッドへと歩み寄って、「爽子ちゃんから聞いて。——どんな具合ですか？」

「まあ、ご覧の通りさ。もう長くないだろう」

「そんな……。弱気になっちゃだめですよ」

と、爽香は叱るように言った。「達郎《たつろう》君も爽子ちゃんも、まだまだこれから大人になるんです。見届けてあげないと」

「どうも、それは無理だと思うよ。人間、気持だけで頑張っても、体がついて来ない」

爽子の言い方で、ある程度は覚悟していたので、爽香は河村の様子に、それほどショックは受けていなかった。むしろ一時期、ひどくやせて気力を失っていたころに比べると、爽香を見る目にも力があるように感じられた。

「でも、そんなに……」

と、爽香が言いかけると、

「あとひと月と言われてる」

と、河村は遮って言った。

「そんなこと……分らないですよ」

「いや、そんな気がしてるんだ、自分でも」

と、河村は天井へ目をやって、「死ぬのは怖くない。ただ、布子が辛い思いをするだろうと思ってね」

「河村さん……」

「布子は忙しくて、なかなかここへ来られない。それは当り前なことだし、僕は何とも思わないが、布子は悔むだろう」

河村は手を伸して、爽香の手を握ると、「爽香君。布子は君を頼りにしている。布子が自分を責めていたら、励ましてやってくれ。それで良かったんだと」

無理なことだ。爽香がどう言ったところで、万一のときの布子を慰めることなどでき

るわけがない。しかし、今の爽香は、

「できるだけのことはします」

と答えるしかなかった。

「君には本当に世話になった」

と、河村は言った。「すまないが、僕がいなくなったら、後をよろしく頼むよ」

「そんなこと……。ひどいよ、河村さん。私、自分のことで手一杯です。全くもう、誰も彼も、私には悩みも辛いこともないと思ってるんだから！」

爽香はむくれて見せた。もちろん河村だって爽香の気持は分っているのだ。

河村はちょっと笑って、

「仕方ないだろ。杉原爽香は天下無敵だ」

「からかって気が済むならどうぞ」

と、爽香は苦笑したが、「――こんなこと、訊いたら怒られるかもしれないけど……。早川志乃《はやかわしの》さんとあかねちゃんは知ってるんですか？　河村さんが入院したこと」

早川志乃は河村のかつての愛人。あかねは河村との子だ。布子もよく知っていて、あかねを認知している。

「あかねちゃん、もう十五ですよ。黙っていたら可哀そう」

「うん。――実はそれを頼もうと思ってたんだ。君から伝えてやってくれ」

「分りました。でも、それが条件」

「私が？」

とは言ったものの、それが一番いいことか、とも思っている。

あとひと月を、一年ぐらいに延ばすつもりで頑張って下さい。それが条件」

「せいぜい頑張るよ」

と、河村は微笑んで、「それから……」

「まだ何かやらせるつもりですか？」

「そうじゃない。ただ……元刑事として言わせてくれ。君は沢山危いことに係り合って来た。多少は僕が刑事だったから、ということもあるが、どう考えても、君自身に事件を呼び寄せる磁力のようなものがあるとしか思えない」

「人を磁石扱いですか。男を引き寄せる磁石ならいいですけどね」

「引き寄せてるさ。君にその気がないだけで」

「初耳だわ、そんなこと。ともかく、これからは事件に巻き込まれないようにしますから」

「どうかなあ。無理じゃないの？　今だって危いことに係り合ってるんだろ？」

「え？　どうして知ってるんですか」

「ほら見ろ。引っかかった」

「もう！　――確かにね、誘拐事件とちょっと……」

病人の気を紛らわすにはいいかもしれない。爽香は、古屋の息子がさらわれた一件を、話してやった。

やはり元刑事で、爽香の話を面白そうに聞いていたが、

「そんなことが起ってるのか。君も……」

「私、もう係りません。人質の子も戻ったし、充分ですよ」

「どうかな。――きっと、まだ君とその事件は切れてないと思うよ」

「私のこと、心配してくれてるんじゃないんですか？」

「なあに、杉原爽香は不死身だからね」

「もう……。どんどんひどいことになる。私帰ります」

と、爽香が立ち上る。

「気を付けてね。マフィアに狙われないように」

と、河村は言った。

爽香は河村に向って、ちょっと舌を出してやると、病室を出た。そして、

「あとひと月……」

と呟くと、廊下を歩いて行った。

20　細い隙間

「何て言っていいか分らなかったわ」

と、真知子が言った。

「そうか……」

古屋芳夫はワインのグラスを手の中で揺らして、「気の毒だとは思うが、今さら――」

「ええ、それは分ってる」

と、真知子は肯いて、「あのときは、私もああするのが一番いいと思ったのよ。まさかあんなことが起るなんて……」

「全くだな」

夜、居間は二人きりで静かだった。

しばらくして、芳夫が言った。

「ともかく、邦芳が無事に戻ったんだから」

「そうね。それが一番大切なことね」

と、真知子は言った。「でも、他の人はそう考えてくれないわ」

「確かに。――しかし、今さら自首して出るわけにも……」

「あの子がいるのよ。あなたも私も、捕まるわけにいかないわ」

「そうだな。しかし……このまま放っとくわけには……」

「あそこじゃ、危いわね」

――誤ってのこととはいえ、野田の妻、奈美を死なせてしまった。

身代金を払って、息子は取り戻したものの、あの郊外の雑木林に捨てた奈美の死体が問題だった。

もちろん、邦芳が戻ってから、二人であの場所へ行き、林の中に埋めては来た。他にどうにかする時間の余裕はなかったのだ。

しかし、あのままにして、万一発見されたときは、当然二人が疑われる心配はあった。野田美里のあの空家へ行ったことは知られているからだ。

「どこか、遠くへ運んで処分しないと……」

「そうね」

死体から身許の分る物や服はすべて取り去って処分したが、もし死体が見付かったら……。

その思いは、二人の中に重い石のように沈んでいた。

「あなた、お義父様のこと……」

「ああ、親父の〈お別れの会〉か。あんなものは急ぐわけじゃない。この暮れの忙しいときは無理だから、年が明けたら考えよう」

むろん、葬儀は身内で済ませていた。ただ、音楽の世界では、古屋八郎は多くの弟子のような人材を育てていたので、形だけでも、〈お別れの会〉を開かないわけにいかなかった。

「〈Sホール〉の中垣さんだっけ？　あの人にも一度お礼に行かないとね」

「ああ、そうだ。あそこで倒れたんだからな」

と、芳夫は肯いた。

そして、グラスを空にすると、

「仕事もしなきゃ。年末はジャズピアニストも稼ぎどきだ」

「そうね。一億円は返せないでしょうけど、父に少しずつでもお金を返したい」

「気持は分るが……」

「いえ、無理に、って言ってるんじゃないのよ。私だって、家計は分ってる。でも、少なくとも返そうとする気持があるかどうかで、父の印象も違うでしょう」

「少し、営業活動するか」

自分で仕事を取らなくてはならない。フリーの音楽家は大変なのだ。

「——ね、あなた」

と、少し間があって、真知子が言った。

「何だ？」

「一つ、気になってることがあるの」

「何だい？」

「私が野田美里から家の鍵を借りたことを、警察の人が知ってたでしょ。誰から聞いたのか……」

「ああ、そうだったな。その美里って女性が誰かに話したってことだろ」

「詳しいことは、あの刑事さんにでも訊かないと分らないでしょうけど。でも、今、せっかくあの場の説明で納得してくれてるのに、わざわざこっちがつついて疑問を持たれても、と思って」

「それはそうだな。——まあ、誘拐事件の方は片付いてるんだ。そっとしといた方がいいんじゃないか？」

「ええ、それはそうなんだけど……」

真知子は、あの後、すぐに鍵を野田美里へ返した。美里はコンサートの準備に追われていて、鍵を受け取っただけで、ほとんど話す暇もなかったのだ。

でも——美里は誰かに鍵のことを話したのだ。その相手は誰だったのか。

わざわざ美里を訪ねて行って訊くのは避けた方がいいだろう。

「そうだわ……」

〈Sホール〉の中垣宣子に礼を言いに行く、そのとき、たまたま美里がマネージャーをつとめている〈MKオーケストラ〉が〈Sホール〉に出ていたら？

当然、美里もついて来ているだろう。

「あなた、〈MKオーケストラ〉に知り合いいない？」

「〈MK〉？　ああ……。音大時代の知ってる奴がいるよ。たぶんまだいるだろ」

「その人に訊いてくれない？　〈Sホール〉で今度いつ弾くことになってるか」

「ああ。それはいいけど……」

「本番でなくてもいいの。リハーサルでも、〈Sホール〉に行くことがあるでしょ」

「分った。電話してみるよ」

「お願い。中垣さんにお礼を言いに行く口実で、美里と会えれば、怪しまれないでしょ」

「なるほどな」

芳夫は感心して、「よく思い付くもんだな」

「ちょっと。そんな呑気なこと言ってないで、あなたも考えてよ」

「もちろんさ」

と、芳夫はあわてて言った。「しかし、どう考えても、そっちの方が上手だ」

真知子は苦笑した。そして、ソファから立ち上ると、居間を出て行った。

芳夫はリモコンを取ってTVを点けてみたが、見たいような番組もなく、消して、

「もう寝るか」

と呟いて立ち上り、伸びをした。

真知子が戻って来て、

「あの子、ぐっすり寝てるわ」

と言った。

「そうか」

真知子が黙って芳夫の方へやって来ると、唇を重ねて、

「ベッドに行きましょ」

と言った。

「真知子……」

「よく頑張ったでしょ、私」

「ああ……」

「誉めてよ。ベッドの中で」

芳夫は、事件のことで頭が一杯になって、ずっと真知子に手を触れていなかったこと

に気付いた。

「そうだな。——お互いに褒美をあげることにしよう」

芳夫はそう言って、真知子の肩を抱くと、二人で居間を出た。


「やっぱりビル風があるわね」

と、爽香は言った。

「設計じゃ、ほとんどないと……」

「実際、造ってみないと分らないのよ」

爽香と久保坂あやめは〈G興産〉が手がけた庭を歩いていた。

もちろん、まだ完成しているわけではなくて、芝生などはこれからだが、周囲の高層建築はもうずいぶん立ち上っている。

そのせいで、自然の風ではない、いわゆる「ビル風」が吹いているのだ。

「かなり寒いですね、冬は」

と、あやめが言った。

「そうね。風の強い日だったら、もっと強風になるでしょう。何か考えないとね」

爽香は庭の中を歩きながら、「休憩できる場所を、囲うようにするのはどうかしら？ベンチだけじゃ、もろに風を受けるでしょ」

「小屋みたいなものを?」

「三方を囲ったら、大分違うんじゃないかしら。もちろん、予算が付けば、の話だけ

でも、何とかしなくては、と思っていた。せっかくの、寛ぐための庭が、いつも風に吹かれているのでは意味がない。

「社長に話してみるわ」

可能性はあまり高くない。今でさえ、現実は〈G興産〉には大した利益が出ないという状況なのだ。この上、追加の工事が入ったら、赤字になりかねない。

〈G興産〉の中で、この再開発計画に参加したのは失敗だという声があることを、爽香も知っていた。そして、その責任が爽香にあると言っている幹部もいた。

何も爽香がこのプロジェクトを田端社長に勧めたわけではなく、命じられて担当しているのだが、爽香が田端に「特別扱い」されている、と不満を持っている社員も少なくないのである。

「——何とか、あまり費用をかけずにできないか、考えてみましょ」

と、爽香は言った。「戻る?」

「そうですね」

と、あやめは言った。「でも、誰も案内もしてくれないなんて……」

「仕方ないわよ。こっちは下請けだもの」

と、爽香は微笑んで、「どこか、この近くでお昼を食べて帰りましょう」

ちょうど手ごろなレストランがあった。昼休みの時間は過ぎているので、そう混んでもいない。

店に入って、ウエイトレスに、

「二人」

と、爽香が言うと、後ろから、

「三人だ」

と、声がした。

びっくりして振り向くと、

「松下《まつした》さん。どうして……」

と、爽香は目を丸くした。

「一緒に昼飯を食うぐらいいいだろ」

と、〈消息屋《しょうそくや》〉の松下は言った。

「もちろんですけど……。じゃ、ご一緒に」

三人は奥のテーブルに入り、〈ランチ〉を頼んだ。〈ランチタイム〉がぎりぎり、あと五分だった。

「――相変らず危いことをやってるんだな」

と、松下が言った。「この間の子供の誘拐事件に係ってたって、顔見知りの刑事から聞いた」

「そうなんですよ」

と、あやめが肯いて、「少し意見してやって下さい。その内、チーフ、殺されちゃいます」

「あやめちゃん、やめてよ。私はね、珠実ちゃんが一人前になるまでは、何があっても死なないの」

「まあ、用心することだ」

と、松下は笑って、「どんないきさつだったんだ？」

〈ランチ〉を食べながら、爽香は松下にザッと事情を話した。

「――なるほど」

松下は肯いて、「まあ、お前が殺されかけたわけじゃないんだな」

「そう年中殺されたくありません」

「しかし、子供の誘拐か。悪質だが、犯人はなかなか頭のいい奴だ」

「今のところは、ちゃんと人質が戻ってますけど……」

「そうだ。一旦計画が狂ったら、何をするか分らない」

「次の事件が起る前に、何とか犯人が捕まってほしいです」

——食後のコーヒーを飲みながら、松下は、

「〈N貿易〉か。——一億円出すのは大変だったろう」

「そうですね。野田さんっていいましたね、あの社長さん」

「孫は戻ったが、今度は女房がいなくなったっていうから、可哀そうに」

松下の言葉に、爽香はカップを持つ手を止めて、

「——いなくなった、って何のことですか？」

「社長の野田靖治さ。三十以上年下の女房が家出したらしい」

「家出？」

「経済誌のゴシップで載ってる。野田も、一億円出して、女房に逃げられちゃな」

爽香はゆっくりコーヒーを飲んでいたが、

「松下さん。それっていつのことですか？」

と訊いた。

「うん？　——さあな。そうだ。ちょうどその誘拐事件で大変だったときだと聞いた」

「あの最中に？　野田さんの奥さん……」

「確か〈奈美〉っていった。娘が再婚に猛反対して、親子が絶縁状態になったと聞いたことがあるよ」

「でも、身代金を出してもらったわけですね」

「そりゃ、孫は可愛いかったろうからな」

松下はそう言って、「――何だ。何か気になることがあるのか」

「というか……。それ、確かに家出なんでしょうか」

「どうかな。しかし、野田のことだ、捜すために、あらゆることはやってるだろう」

あやめが心配そうに、

「チーフ、また〈探偵モード〉に入らないで下さいよ」

「そうじゃないけど……。気になってることが」

「何だ」

「爽子ちゃんが耳にしたことです。あれは、間違いなく古屋芳夫さんの奥さんの言葉だと思う。野田美里さんから鍵を借りたのは彼女ですものね。でも、もし爽子ちゃんの聞き間違いでなければ、『車に連れ込む』とか『薬をかがせる』って、もしかして……」

松下とあやめは、心配そうな表情で、目を見かわした。

21 疑惑

「でも、おかしいですよ」

と、久保坂あやめが言った。「野田靖治さんに身代金を出してもらわなきゃいけなかったんでしょう？　その奥さんを、どうして古屋さんが誘拐するんですか？」

あやめの言葉がもっともだということは、爽香にも分っていた。

それでも、爽子が耳にした、古屋真知子のものと思われる言葉が気になる。それと、野田の妻、奈美という女性が姿を消していること……。

「お前が気になってることは分る」

と、松下が言った。「奈美という女が、あのタイミングで家出するのは不自然だってこともな」

「そして、古屋真知子さんが野田美里さんから家の鍵を借りたことを、どう考えるかです」

と、爽香は言った。

「でも、鍵はすぐ返したんでしょ？」

「刑事さんがそのことを問い合せたからね。ともかく一旦は野田美里さんの家へ行ってることは確かなのよ」

「つまり……奈美って人をそこへ連れて行ったということですか？」

「まあ、奈美にしてみれば、野田靖治との結婚を散々反対されてるんだ。その古屋真知子のために一億円も出すのを、スンナリ納得したとも思えないな」

と、松下は言った。「もちろん、野田の金だ。孫のために出すと言ったら、奈美だって反対はできないだろうが」

「ええ……」

爽香は少し考えていたが、「野田美里さんに直接会って話してみたいわ」

「チーフ」

と、あやめがため息をつく。「危ないこと、やめて下さいね。私、寿命が縮んじゃいますよ」

「大げさね」

と、爽香は笑って、「ちょっと爽子ちゃんに電話してみるわ」

そう言って、席を立って行く。

松下はニヤリと笑って、

「あいつはちっとも変らないな」

「ええ……。そこがチーフのいいところなんですけどね」

「まあ、あの性格のおかげで解決した事件も少なくない。ああいう奴も必要さ」

「でも、万一のことがあったら……」

「俺もちゃんと目を光らせてるよ」

「お願いします。仕事のことなら、私の力で何とかするんですけど……」

じきに爽香は戻って来て、

「今日、午後四時から、Ｓホールに〈ＭＫオーケストラ〉がリハーサルで入るそうよ。当然、野田美里さんも来てるでしょう。爽子ちゃんも行くそうだから、私、ちょっとＳホールに行ってみるわ」

「俺も付合おう」

「松下さん、大丈夫なんですか？　ご自分の仕事があれば……」

「今、このあやめ君に雇われたんだ。お前のボディガードをつとめてくれってな」

「いいんですか？」

「いいとも。じゃ、Ｓホールへ行ってみるか」

と、松下は言った。

「これからSホールへ行ってくるわ」

と、真知子はピアノを弾いている古屋芳夫に声をかけた。

「〈MKオケ〉が来てるんだな？　俺も行こうか」

「いいえ、それじゃ大げさ過ぎるわ」

と、真知子は首を振って、「途中で、ちょっとお菓子でも買って、支配人の中垣さんに渡して来る。あくまで、そのついでに美里に会って礼を言うのよ」

「任せるよ」

芳夫は立ち上ると、真知子にキスして、「君はすてきな悪党だ」

「お互いさま」

と、真知子は指で芳夫の鼻先をつついて、「どこまでも一緒よ」

「ああ」

「じゃ、行って来ます」

真知子はもう出かける仕度をしていた。後はコートをはおるだけだ。

「首尾を知らせてくれ」

と、芳夫は玄関まで出て来て言った。

「ええ。――それじゃ」

真知子は、夫に投げキッスをして出かけて行った。

「じゃ、次は〈タイス〉、行こうか」

と、指揮者の谷崎マルクスは言った。「爽子ちゃん、どう?」

「ええ、いいですよ」

河村爽子は傍に置いたヴァイオリンケースを開けた。

Sホールのステージでの、〈ジルベスター・コンサート〉のリハーサル。爽子は、企画から係っていて、自分ももちろん何曲か弾く。

今、オーケストラだけの曲を一つ終えて、爽子のヴァイオリンソロとオーケストラの、〈タイスの瞑想曲〉のリハをやろうというわけだった。

もちろん有名な曲なので、爽子もオケも一度通せば充分だろうと思われた。

「え?」

爽子はヴァイオリンケースを開けて、思わず声を上げた。ヴァイオリンの弦の間に、バラが一本挟んである。

全く、もう……。

知らん顔をしているが、もちろん谷崎である。付合うのを初めから断っているのだが、しつこくこうして誘って来る。

爽子も子供ではない。特に海外でのコンサートや音楽祭に出かけて行くと、男性の演奏家から誘われることも珍しくない。

適当にあしらっておくのにも慣れた。

「――じゃ、お願いします」

と、爽子はオーケストラの方に頭を下げた。

静かにヴァイオリンがメロディを奏でる。

ピアノ伴奏で弾くことも多いが、やはりオーケストラの弦楽の分厚い響きを背景に弾くと、気持が昂揚する……。

曲が終ると、拍手が響いた。

「あ、爽香さん」

と、爽子は嬉しそうに言った。

「聴き惚れてたわ」

と、爽香は言った。

「忙しいんでしょ？　大晦日《おおみそか》も仕事なんてね」

「爽子ちゃんの演奏が聴ければ……。オーケストラのマネージャーの野田さん、いらっしゃる？」

「美里さん？　ええ、さっき……。たぶんロビーで、ホールの中垣さんと話してるんじゃないかしら？」

「そう。じゃ、捜してみるわ」

「美里さんに何か？」

「いいの。あなたは演奏に打ち込んで」

爽香はロビーへ出て行った。

ちょうど中垣宣子が野田美里らしい女性と歩いているのが見えた。

「――失礼ですが」

と、爽香は声をかけた。「野田さんでいらっしゃいます？」

野田美里とは電話で話してはいたが、会うのは初めてだ。

話を聞いて、

「ああ、あのときの」

と、美里は思い出した様子で、「従妹の古屋真知子さんが……」

「ええ。その後、真知子さんとお話になりましたか？」

「いいえ。こちらも〈ジルベスター〉のことで忙しくて。それに、真知子さんも大変だったんですね」

「ええ。でもお子さんが無事に戻られて」

「そう！　本当に良かった」

「実は――ちょっと伺いたいことが」

「私にですか？」

「あの鍵のお家に行かれましたか、その後に」

「いいえ。用もないので」

「そうですか」

「あの家がどうかしまして？」

「真知子さんは、あの家に入られたんでしょうか」

「さあ……。鍵を返しに来たときも、私、ともかく忙しくて。ほとんど話はしませんでした」

と、美里は言った。

そして、美里はふしぎそうに、

「真知子さんが何か……」

あまりしつこく訊けば、美里が不審に思うのも当然だ。といって、古屋真知子が野田奈美を誘拐したかもしれない、などと言えるわけがない。

「これは、私――直接係ってるわけじゃないんですけど」

と、爽香は言った。「この間の真知子さんのお子さんが誘拐された件で、私、成り行きで身代金の受け渡しの現場に居合せたりしたんです」

話を聞いていた中垣宣子が、

「杉原さんは名刑事さながらで、今まで色んな事件を解決して来られたんですよ」

と、「解説」した。

「実はここだけの話にしていただきたいんですが」

と、爽香は言った。「身代金の一億円を出したのは、真知子さんの父親の野田靖治さんでしたが、ちょうどそのころに、奥さんの奈美さんが姿を消してしまわれたんです」

「まあ。――姿を消した、というのは……」

「家出をされたと言われていますが、今までのところ、何の連絡もないようで」

「そんなことが……。でも……」

「もちろん、誘拐事件とは何の関係もないと思います。ただ、時期が時期だけに、気になって。もしかして、あなたのそのお家に、奈美さんが行ってらっしゃるんじゃないかと、ちょっと思ったものですから」

話しながら、自分でも無茶なことを言っていると思ったが、美里はもともと事情を何も知らないのだから、何となく納得して、

「そうですか。でも、あんな家に行っても……」

「あの――念のために、その家の住所を教えていただけますか？」

「ええ、もちろん」

美里は住所をメモして、爽香に渡すと、「何でしたら、あの近くの知り合いに連絡し

てみましょうか」

「どなたかご存知の方が？」

「昔のことなので、まだお元気かどうか分りませんけど、母が親しくしてたお家があって、そこの方なら、たぶんお願いすれば、あの家の様子を見に行ってくれると思います」

「そうですか！　もし、そうしていただけたら――」

そこへ、

「美里さん！」

と、オケのメンバーが出て来て、「谷崎さんが、ちょっと話があるって」

「はい、すぐ行きます」

「すみません！　お邪魔してしまって」

と、爽香は詫びた。

「いいえ。何か分ったら、ご連絡しますわ」

「ありがとうございます」

これ以上は何とも言いようがない。

爽香は、美里がホールの中に入って行くと、中垣宣子に、

「すみません、お打合せの邪魔を……」

「いいんです。爽子さん、すっかりベテランの風格が出て来て」

「ありがとうございます。——あ、それより大晦日の当日の予定ですが、どうすれば……」

「ごめんなさい！　メールしようと思ってて。今夜にでも、こちらからの具体的なお願いを、まとめてお知らせします」

「分りました。こちらはいつでも動けるようになっていますので」

そのとき、ロビーへ入って来たのは、古屋真知子だった。中垣宣子を見付けて、

「中垣さん——」

爽香はハッとした。古屋芳夫には〈Gランド〉で会っているが、真知子とは初めてだ。

しかし、TVのニュースで、顔を見ていた。

「あ、古屋さん」

と、宣子は言って、チラッと爽香の方へ目をやった。

たった今、爽香が野田美里と話していたのを、宣子も聞いている。何か微妙な問題があるのだということは察しているだろう。

「主人の父のことで、色々ありがとうございました」

と、真知子は言った。「お礼に伺うのがすっかり遅くなって、申し訳ありません」

「いいえ。お宅も大変でしたものね」

「ええ、そのことでも、色々と……。本当は主人がお礼に伺うべきなんですけど、フリーランスの悲しいところで、年末の仕事のことで忙しくしていまして」

「そんなこと、気になさらないで。あの――こちら、杉原爽香さんです」

真知子が目を見開いて、

「そうですか。〈Gランド〉で、主人とお会いに……」

「ええ。成り行きで。邦芳ちゃんが無事で良かったですね」

「ええ。主人も私も、生きた心地がしませんでした」

「当然です。早く犯人が捕まるといいですね」

爽香は宣子の方へ、「じゃ、私はこれで」

と、会釈して、ホールを出ようとした。

真知子が宣子に、

「今日、〈MKオーケストラ〉が来てるんですか？　表にそう書いてあって……」

と言っているのが聞こえた。「野田美里さん、いるかしら？　ちょっと挨拶を……」

爽香は表に出てから振り返った。真知子が宣子に、お菓子らしい紙袋を渡しているのが目に入った。

22　探り合い

爽香は、Sホールの正面入口が見えるカフェに入って行った。

松下がコーヒーを飲んで待っていた。

「――じゃ、今、入って行ったのが古屋真知子か」

爽香の話を聞いて、松下は肯いた。

「どう考えたらいいのか……。あの人も、野田美里さんに会いに来たんだわ」

「お前はちゃんと考えてる。そうだろ？」

と、松下は言った。「あの古屋って夫婦が、野田の女房をさらった、と思ってるんだな？」

「何だか……。爽子ちゃんの聞いたことが、気になって。――奈美さんが、身代金を払うことに反対したとしたら、古屋さんたちとしては、力ずくで奈美さんを黙らせたいと思ってもふしぎじゃないわ」

「言ってることは分る。その可能性はある。しかし、立証するのは難しいぞ」

「ともかく、奈美さんがどこにいるのか、だわ。子供が無事に帰って来て、もう何日もたってるのに」

「どこかに閉じこめてるのか？　しかし、解放しても、ただじゃすむまい」

「そうなんですよね」

と、爽香が肯いた。

「おい」

と、松下は言った。「あの女、車で来てるんじゃないか？　地下の駐車場用のエレベーターから降りて来た」

「そうですか」

と、爽香は言って、「――車？」

「もし、人を誘拐しようとすれば、車がいる」

「あの人の車で？」

爽香はSホールの方を振り向いた。


「大変だったわね」

と、野田美里が言った。

「美里さんにも、迷惑かけちゃって」

と、真知子は言った。

オケのリハーサルが休憩に入り、二人はロビーで話していた。オケのメンバーも何人か出て来て、ケータイをいじったりしている。

「でも、偶然ね」

と、美里が何気なく言った。「ついさっき、杉原爽香さんから、あの家のことを訊かれたわ」

「え？」

真知子は思わず、「あの人が？」

「ええ。あの家がどうなってるか、訊かれたわ。事情はよく知らないけど」

「杉原さんが……」

真知子はそう呟くように言って、「もしかして、私が鍵を借りたことを知ってたのかしら、あの人？」

「ええ、そうよ。どうしてかよく知らないけど……」

杉原爽香だったのか。――〈Gランド〉に現われたのはどうしてだろうとふしぎだったのだが、その前から何かを知っていたのだ。

「面白い人よね」

と、美里が言った。「何だか、色んな事件を解決して来たんですってよ。素人探偵みたいなものかしらね」

「見たところ、そんな風でもないけどね」

と、真知子は笑顔を作った。「あの家がどうなってるか、って……。どうしてそんなことを？」

「何でも、あなたのお父様の奥さんが家出したとか？　本当なの？」

「ああ、そのこと。——そうらしいわ。私も父と奥さんのことまで詳しくは知らないの」

「まあ、色々あるわよね」

と言って、美里は、「あ、ごめんなさい。もうリハが始まる。行かないと」

「お邪魔したわね」

——真知子は、美里がホールの中へ戻って行くのを見送って、ロビーを見回した。

あの家がどうなっているか……。

杉原爽香が、どうして奈美のことに関心を持っているのか、真知子には分らなかったが、それだけに不安だった。

一体何を調べているのか？

奈美がいなくなったことは、すでにニュースにもなっているが、それをあの空家と結びつけて考えているのは、どうしてなのだろう？

まさか、自分が電話で話しているのを聞かれていたとは思いもよらず、真知子は、このまま放ってはおけないと考えながら、Sホールを出た。


「お帰りなさい」

と、弓江は言って、春日の上着を脱がせた。

「一日中歩き回って、くたびれたよ！」

と、春日は言って、ネクタイを外した。

「ご苦労さま。寒かったでしょ」

「うん。でも、ずっと歩いているからね。段々体が暖まってくる」

春日は、着替える前に、充代へと駆け寄って、

「ただいま！」

と抱き上げた。

「ご飯にするでしょ」

と、弓江が言った。

「うん。お腹が空いたよ」

春日は着替えをして、洗面所で思い切り顔を洗った。

〈Gランド〉は、平日でも予想以上に客が入って、従業員たちを喜ばせた。

春日も、〈Gランド〉の正社員として雇ってもらえることになった。

「一月から正社員だ。今日、辞令が出たよ」

と、食卓について、春日は言った。

「良かったわね！」

弓江はホステスの仕事をまだ続けていたが、週に二日に減らして、年内一杯で完全に辞めるつもりだった。

夕飯が済むと、春日はTVを点けた。〈Gランド〉のCMが流れるのを、見たかったのだ。

「――うーん」

と、CMのほんの十秒ほどの映像を眺めて、春日は唸った。

「どうしたの？」

「いや、せっかくTVで流すんだったら、もっといい所があるのに、と思って」

弓江はちょっと笑って、

「すっかり愛社精神が身についたみたいね」

「いや、そうじゃないけど……」

と、春日が苦笑した。

そして、TVへまた目をやると、

「あの店だ」

と言った。

「え？」

「ほら、僕の背広を買った……」

「ああ、安売りのね。――本当だ、あのお店ね、これ」

安売り紳士服の店といっても、チェーン店がいくつもある。しかし、やかましい音楽をバックに画面に映っているのは、春日の背広を買った店らしかった。

そう。あのとき、コインロッカーの鍵が出て来たと言って……。

弓江が息を呑んだ。

「あなた！」

「どうした？」

春日が弓江の声にびっくりして言った。

「私……思い出した」

と、弓江は言った。

「何を？」

「言ったでしょ、私。誘拐犯の電話の女の声に、聞き憶えがある、って」

「ああ」

「今、分ったわ。――あの紳士服の店の女店員の声だわ」

「何だって？」

「あの女……コインロッカーの鍵を、〈M〉でコーヒー飲んでた私たちの所へ届けて来たわ」

「うん。処分してもらった古い上着から出て来たって……」

「それはあの女が言ったことよ！　本当は、あの女が私たちに鍵を渡したんだわ。あの声、間違いない！」

二人はしばらく顔を見合せていたが、

「――それって、大変なことだな」

と、春日が言った。

「ええ……。でも、間違いないと思うわ」

「じゃ、あの刑事さんに知らせないと」

「そうね。そうだわ。――あ、ちょっと」

充代が泣き出した。「オムツ、換えないと」

「僕がやる。君、あの刑事さんに連絡しろよ」

「分ったわ！」

弓江の、ケータイを持つ手が震えた。

「この人です」

と、弓江は映像をモニターで見て言った。

仕事を終えて、店を出て来た女。――あの女店員だ。

「坂口恒子《さかぐちつねこ》、三十四歳だ」

と、石森刑事が言った。「話してくれてありがたかったよ」

「まだあのお店にいたんですね」

「そこなんだ。坂口恒子は今日で店を辞めた」

「まあ……」

「一日遅かったら、姿を消していたかもしれない。店の主任に訊いたら、『今日辞めるのが、ちょうどそれくらいの年齢ですが』と言われてね。間一髪、間に合った」

と、石森は言った。「ただ、今は逮捕するだけの証拠がない。それに、誘拐事件の一味を一挙に逮捕したいから、しばらく坂口恒子を監視することにした。必ず仲間と会うだろう」

「そうですね」

と、弓江が肯いた。「次の事件が起る前に……」

「うん。必ず連中を逮捕するよ。あの坂口恒子って女だが、とても安売り紳士服の店員じゃ住めない、高級マンションに暮してたよ。前の店には、三か月ほどしかいなかったそうだ。利用できそうな相手を捜してたんだろうな」

――警察で話をすると、弓江はやっと肩の荷が下りた気分で、ホッとしながら家路についた。

「デパートに寄って、夕飯のおかずを買って帰ろう……」

ケータイで春日にかける。「――今夜は何時ごろ帰れる?」

「明日は休園日だからな。七時までには帰るよ」

と、春日は言った。

「じゃ、そのつもりで用意してるわ」

――当り前の日々のくり返し。それが、こんなにいいものだとは、弓江はこれまで思ってもみなかった……。

「社長」

と、江川久美子は言った。「すぐお車を正面に回します」

「ああ、いや……。少し疲れたから、上のバーで一杯やってから帰る」

と、野田靖治は言った。

「そうですか。もし良かったら私も――」

「一人で大丈夫だ」

と、野田は手を振って、「一時間したら、車を正面に回しといてくれ」

「そうですか。――かしこまりました」

「お前も腹が空いたろう。何か食べて帰れ」

そう言って、野田はエレベーターで、ホテルの最上階へと上って行った。

業界のパーティが宴会場で開かれていて、野田はそこでスピーチをした。

パーティでも少し飲んだが、ビジネスの話をする相手が何人もいて、酔うところまでいかなかった。

やっとパーティを抜けて、出て来たのである。

チラッと腕時計を見る。

バーでは、野田は常連で、すぐに奥まった席に案内された。

「十分ほどしたら、連れが来る」

と、ウエイターに言って、「何か食いものはないか」

パーティではさっぱり食べていられない。

「何でもお取りしますが……」

――十分後、野田はホテルの中の中華料理店からラーメンを取って食べていた。

「お邪魔してよろしいでしょうか」

と、声がした。

「君かね、話があると言って……。かけてくれ。食べながらで申し訳ない」

「いえ、とんでもない」

「君は――あの身代金を渡したとき、〈Gランド〉にいたんだな」

「そうです」

と、爽香は言った。

「それで、話というのは？　――杉原爽香君といったね。〈G興産〉の中でも、『できる社員』と言われてるそうだな」

「いえ、そんな……」

「話をする相手のことは知っておきたい。充分信用できると聞いた」

「恐れ入ります」

「私は、〈G興産〉の田端社長の母親をよく知ってるんだ」

「真保《まほ》様をですか」

「古い付合さ。君のことを、とてもほめていたぞ」

「真保様は私を少し買いかぶっておられます」

と、爽香は言った。「お時間を取らせては申し訳ないので。実は、奥様のことで伺いたいことがありまして」

「うむ。しかし、君は奈美を知らんのだろう？」

「はい。今、どこにおいでか分らないと伺いました」

「正直、頭痛の種だよ」

と、野田は言った。

「お気を悪くされるかもしれませんが、奥様がいなくなられたときのことを、できるだけ詳しくお話しいただけないでしょうか」

真直ぐに見つめる爽香の目に、野田は、

「何か考えがあるようだな」

と言った。「いいとも。どこから話そうか？」

23　埋没

「あら、久美子さん」

古屋真知子はホテルのロビーで足を止めた。

父の秘書、江川久美子とバッタリ出会ったのだ。

「あ、真知子さん」

「父がここのパーティに出てるんじゃない？　そう聞いて来たんだけど」

「ええ。でも、もうパーティを抜けられて」

「帰ったの？」

「いえ、上のバーで。でも、何だか……」

と、久美子が首をかしげる。

「どうしたの？」

「一人で飲んで行くとおっしゃって。でも、ちょっとお伝えすることを忘れてたので、バーへ行ってみたんです。そしたら女の人と二人で……」

「父が女性と？」

「お邪魔しちゃいけないと思って、そのまま戻って来たんですけど。でも、何か話し込まれてました。相手の女の人も、小柄でメガネかけて、社長のそういう知り合いとは思えませんでしたけど」

真知子の表情がこわばった。――直感した。杉原爽香だ。

父に何を話しに来たのか。ともかく放っておけない。

「どうかなさいました？」

と、久美子が訊いた。

「いえ、別に」

と、真知子は首を振って、「じゃ、私、父が下りて来るのをロビーで待ってるわ。どうもありがとう」

「バーに電話してお呼びしますか？」

「いえ、いいの。急がないから。ありがとう」

「そうですか。じゃ、私、これで」

「お疲れさま」

真知子は一人になると、ケータイで夫へかけた。

「――やあ、どうした？　僕は今クラブだ」

「急いでSホテルに来て」

と、真知子は言った。「すぐによ。お願い」

真知子の切迫した口調で、古屋芳夫もただごとでないと察したようだった。

真知子はエレベーターの見える位置に立って、父が下りて来るのを待った。

杉原爽香が父に会いに来たのは、奈美の件だろう。

「余計なことに首を突っ込んで！」

思わず口をついて出た。

芳夫のいたクラブはこのホテルから数分の所だった。じきロビーへ入って来ると、真知子が手招きしているのを見付けた。

「どうしたんだ？」

「厄介なことになりそうなの」

真知子は、ロビーの奥の方へ芳夫を引張って行くと、杉原爽香のことを説明した。

「今、父と上のバーで話してるのよ」

「しかし……。あの〈Gランド〉にいた女だな？　どうして奈美のことを……」

「分らないわ。ともかく、何か手を打たないと」

「うん……。しかし、もう野田さんと話してるんだろ？　今さら……」

「私たちが奈美さんをどうかしたと疑ってるとしても、何も証拠はないはずよ。父も、あの女の話を鵜呑みにするとは思えないけど」

と言いながら、真知子の目はエレベーターの方へと不安げに向けられていた。

「田端真保様からお聞きかもしれませんが、私は、これまで色々事件に係ることが多かったので」

と、爽香は言った。「そのせいで、つい考え過ぎてしまうのかもしれません。私の間違いかもしれません。いえ、そうであってほしいと思います。ただ――万が一、という思いが、どうしても……」

野田はしばらく無言だった。

奈美が姿を消したのが、一億円の身代金を出すと決めた、ちょうどそのときだったこと、自分から真知子へ話す、と言いながら、いなくなってしまったことを、野田は爽香に話したのだった。

それを聞いて、爽香は、「間違いであってほしい」と思いながら、爽子が車の中から聞いた、真知子と思われる女性の言葉を、野田に伝えないわけにいかなかった。

野田は大きく一つ息をつくと、

「君は車を運転できるか」

「はい、一応は」

「このホテルの車を借りるぐらい、どうということはない。運転してくれるか」

「あの……どこへ行くんですか？」

「その空家だ。奈美がもしそこにいるとしたら……。放っておけない」

爽香は驚いた。まさか野田がそんなことを言い出すとは思わなかったのだ。

「空家の住所は聞いてあるので、カーナビがあれば何とか行けるかもしれません。でも、今から出たら、ずいぶん遅い時間になります。明日、社の方をお連れになって——」

「今、このときにも、奈美がどうなってるか、心配なのだ」

野田の声が震えていた。落ちついて見えても、爽香の話が暗示するものを敏感に感じているようだった。

「——分りました」

と、爽香は言った。

「私は車を借りてくる」

と、野田は立ち上って、「君は正面玄関で待っていてくれ」

そう言うと、大股にバーを出て行った。爽香は、

「どうしよう……」

と呟いた。

しかし、野田の気持は変えられそうもない。

そのとき、爽香のケータイが鳴った。


車のライトに、一軒の家が浮かび上った。

「たぶん、あそこですね」

爽香は車を停めると、懐中電灯を手に降りて、その家の玄関へと走った。そしてすぐに戻って来ると、

「この家です。車を庭の方へ入れられるようですから」

「うむ」

野田は、助手席で肯いた。——爽香はこんな夜に、遠くまで車を運転したことはないので、野田がカーナビを見ていたのだ。

爽香は、ともかく目的地に着いてホッとした。車をその空家の庭へと入れて、エンジンを切る。

車を出ると、外の空気は凍るようだった。

「——誰もいそうもないな」

と、野田は言った。「しかし……奈美をどこかに置いておくにしても、この中ではあるまい」

「ええ。もう、何日もたっています」

「奈美は死んだ。そう思っているのだろう」

「そうでないことを祈ってます。もし、ここへ連れて来て……」

「真知子が、そこまでやったのか」

「分りません。そんなつもりはなかったのかも。でも、お子さんを取り戻すためなら、どんなことでもやったかもしれませんが」

爽香は庭の地面をライトで照らした。車のタイヤの跡が見える。

ライトを手に、爽香は庭のすぐ先の雑木林へと歩いて行った。――細い枝が折れ、根っこを踏んで折った所がある。

誰かがここへ入って行ったのだ。

「何かありそうか」

と、野田が声をかけた。

爽香は、林の奥へと足を踏み入れた。ライトの中に、木の幹が土や泥で汚れているのが見えた。

しょせん素人のやることだ。真知子と、夫の古屋芳夫。二人にとっては大仕事だったかもしれないが、掘り返し、土を埋め戻した跡がじきに見付かった。

「こんなことが……」

爽香はため息をついた。――そして、庭の方へと戻って行くと――。

野田を挟んで、スパナを手にした芳夫と真知子が立っていた。

「――どうして他人のことに首を突っ込むの！」

と、真知子は爽香をにらみつけた。

「何かを埋めた跡がありますよ。――どうして、そんなことを？」

「運が悪かったんだ」

と、芳夫は言った。「一億円を、野田さんから引き出すためだった。だが――思いもよらないことで、奈美さんは死んでしまった。殺すつもりじゃなかった！」

「お父さん」

と、真知子は父親の手を握って、「お願いよ。邦芳のために、目をつぶって！　私と主人が捕まったら、あの子は……」

野田は表情を殺して、立っていた。

「ね、お願い！　〈N貿易〉だって、ただじゃすまないわ。自分のためじゃない。あの子と、会社のため。――そうよ、お父さんのためでもあるわ。私たちの気持を分って！　お願いよ……。私を刑務所に入れないで」

真知子はすがりつくように、父親の前に膝をついた。

「隠し通せませんよ」

と、爽香は言った。「自首して下さい。少しでも罪が軽くなります」

「いやよ！」

真知子は叫ぶように言って、「あなた！　その女を殺して！」

「真知子――」

「私たちみんなのためよ！　その女さえいなかったら……」

「だが……」

「ここで殺せば、誰にも分らない。その女は自業自得よ！　余計なお節介を……」

「真知子」

と、野田が言った。「それなら俺も殺せ」

「お父さん……」

「奈美を殺して、まだ足りんのか。俺を殺せるか」

「お父さん……。お願いよ、分って！」

真知子は芳夫が持っていた重いスパナを奪い取ると、爽香の方へ向き直った。

「私はお父さんの子よ。私とあなたと、父がどっちを取るか。――あなたは他人よ」

「やめて下さい。罪を重ねるつもりですか」

「これは私たちの家庭を守るためよ。やらなきゃならないのよ」

真知子は自分に言い聞かせるように口走って、震える手でスパナを握り直した。

「それを捨てて下さい」

と、爽香は言った。「お願いです。それがせめてもの救いになります」

「やめるもんですか！　私たちは――私たちは何もしてないわ。悪いことなんか、一つもしてない！　ただ、運が悪かっただけよ！」

真知子が爽香へと迫ろうとしたとき、

「もうやめよう」

と、芳夫が言った。「な、真知子。これ以上は……。僕が悪かったんだ。何もかも、僕が一人でやったんだ」

「あなた！　何を言ってるの！」

「それを……こっちへよこせ」

芳夫は、呆然と立ちすくむ真知子の手から、スパナを取り上げると、遠くへ放り投げた。

「あなた……。どうして……」

「間違えたんだ、僕たちは。誤ちは償わなきゃならない」

芳夫の言葉に、真知子は力を失ったようにその場に座り込んだ。そして虚ろな目で地面を見下ろしていた。

爽香は深々と息をつくと、

「松下さん。もう、これで……」

と呼んだ。

車のライトが点いて、庭を明るく照らし出した。爽香たちの乗って来た車から、松下が降りて来ると、

「今、警察へ連絡した。パトカーが来る」

と言った。

「この林の奥に……。埋めた所は、すぐ分ります」

と、爽香は言った。「今のことは、見なかったことにして下さい」

「いいのか？　お前を殺そうとしたんだぞ」

「できませんでしたよ、真知子さんには」

爽香は真知子が声も上げずに泣き出すのを見ながら、「辛くても、受け止めなきゃならないことがあると分っておいでです」

と言ってから、背後の林を振り返って、

「でも、死んだ奈美さんは、もっともっと辛かったんです」

芳夫が地面に両手をついて、

「お義父さん。――すみません」

と、頭を下げた……。

爽香が自宅に帰り着いたのは、もう明け方近かった。

そっと玄関のドアを開けると――目の前に、明男が立っていた。

「爽香――」

と、明男が言いかけると、

「待って。怒りたいのは分るけど、今は勘弁して」

と、爽香は上ると、「疲れてるの。明日になったら、いくらでも叱言《こごと》を聞くから」

すると、明男が爽香を思い切り抱きしめた。

「明男……」

「怒るもんか。無事に帰って来てくれて、ありがとう」

「そんなこと……」

「松下さんが電話して来てくれた。良かったな、本当に」

「あんまり良くもないけど……。ね、ともかく座らせて」

二人はソファに並んで座った。

「私がホテルのバーで野田さんと話してる間、松下さんはロビーで待ってたの。そこへ古屋真知子さんが来て――。松下さん、彼女のことをSホールで見かけてたから。彼女はご主人をホテルへ呼んだ。その二人の様子がただごとじゃないんで、私に知らせてくれたの」

古屋芳夫と真知子が、爽香たちを追ってあの空家へやって来ると察したので、爽香は車の助手席に野田を座らせ、松下には、目につかないよう後部座席で横になってもらった。

「——だから、大丈夫って分ってたのよ」

と、爽香は言った。「珠実ちゃんがいるのに、そんな危い真似するもんですか」

「充分危いよ」

と、明男は苦笑して、「仕方ないな。こういう爽香に惚れたんだから」

明男は爽香を抱き寄せて、

「明日は休め。いや、もうじき朝だから今日だな。今日は一日、寝てろ」

「そんなわけには……。大事な打合せがあるの……」

爽香は明男の腕の中に身を委ねると、「休んだら……あやめちゃんが心配する……」

と言いながら、そのまま深く呼吸して、寝入ってしまった……。

24　ジルベスター

「爽香さん！」

ドレス姿の爽子が、ヴァイオリンを手にやって来た。

「お疲れさま」

爽香は〈G興産〉関係の客の受付に立っていた。

久保坂あやめも一緒だ。

「あやめさんも出勤？」

「私がついてないと、チーフはすぐ危いことに首を突っ込むので」

と、あやめが言った。

爽香が渋い顔で、

「もうその嫌味は勘弁してよ」

爽子がふき出しそうになった。

——十二月三十一日。大晦日の夜である。

年越しの〈ジルベスター・コンサート〉は、後半のクライマックスで午前0時になるように企画されているから、開演は午後十時。

まだ一時間半近くあるが、今夜は特別なので開演一時間前に開場する。

「ご苦労様です」

Sホールの支配人、中垣宣子がやって来た。「近くのティールームに、チラホラお客様が」

「盛装してる人も多いの。華やかですよね」

と、爽子は言った。

「目の保養ね」

と、爽香は言って、「爽子ちゃん、ピンクのドレスって言ってなかった?」

「これは前半用。休憩時間に着替えるの」

今は明るい水色のドレスである。

「穏やかな天気で良かったです」

と、中垣宣子が言った。「特に帰りが真夜中過ぎですからね。今夜はよく晴れて」

宣子はいつも通り、ほとんど黒に見える濃紺のスーツ。爽香とあやめは明るい色のスーツだった。

「終った後、打上げがあります。よろしければどうぞ」

と、宣子が言った。

そこへ、

「あ、いたいた」

と、声がして、ロビーへ入って来たのは、杉原涼だった。

「涼ちゃん！　どうしたの？」

「ご覧の通り、カメラマンだよ」

涼は、重そうなカメラケースを肩からさげて、〈スタッフ〉の腕章を巻いていた。

「涼ちゃんが撮るの？」

「うん。メインのカメラマン、みんな大晦日は出たくないって。おかげでこっちへ回って来た。――なごみが今夜、客席にいるよ」

爽香の所は、明男と珠実が招待されている。

「うちの旦那も来ますよ」

と、あやめが言った。「途中で居眠りするかもしれないけど」

「じゃ、私、リハがあるから」

と、爽子がホールのステージの方へと行ってしまうと、

「――杉原さん。ゆうべTVのニュースで」

と、宣子が言った。

「ええ。あの誘拐グループが一斉に検挙されましたね。良かったわ、本当に」

春日の妻、弓江の情報で、内偵を進め、みごとにグループを逮捕できたのだ。

「色々大変なことが……」

と、宣子は言った。「杉原さんも危い目にあったとか伺いましたけど」

「でも、ここで古屋さんのお宅へ電話入れなかったら、誘拐事件と係ることもなかったと思います」

「チーフには事件の方から寄って来るんですよ」

「もう……。あの春日さんも、〈Gランド〉に出勤してるわね。大晦日は真夜中まで開けてるそうだから」

「でも、古屋芳夫さんが、あんなことに……」

芳夫と妻の真知子は奈美をさらって、誤って死なせてしまったことで、揃って逮捕されていた。心配していた息子邦芳のことは、祖父の野田が面倒をみると語っていた。

古屋芳夫と真知子。——もっと冷静に事態を見きわめることができれば、あんなことにはならなかっただろう。

「さあ、あと少しで開場ですね」

と、宣子が言った。

「社長がちゃんと聴いててくれるといいけどね」

爽香はそう言って、あやめと顔を見合せた。

ケータイが鳴った。——切っとくんだった、と爽香は思った。

河村布子からだ。

「——先生？　今夜みえるんでしょ？」

と、爽香は言ったが、少し間があった。「——もしもし？」

「爽香さん」

布子の声は、かすれていた。「主人が——危いの」

「え……」

愕然とした。先週見舞ったとき、河村はまだ元気そうで、「この分なら、まだしばらく大丈夫」と思ったものだ。

「先生。爽子ちゃんは——」

「知らないわ。黙ってて。主人もそれを気にして。うわごとのように言ってる。『あの子のコンサートだ』って……」

「そうですか」

「コンサートが終るまで、言わないでちょうだい。お願いね」

「分りました。終ったらすぐそっちへ向えるようにしておきます」

「よろしく。聴けなくて残念だけど、爽香さん、私と主人の代りに、聴いてやって」

「はい」

他に言うべき言葉はなかった。

河村さん。——中学三年生のとき出会ってから、もう三十年……。

いつか、こんな日が来るとは思っていたが、いざそうなってみると、本当のことは信じられない。

「ちょっとごめん」

爽香は受付を離れると、ケータイで明男へかけた。

「やあ、どうだ、準備は？　こっちは珠実が目一杯お洒落してるよ」

「明男、車で来て」

「え？」

「終ったら、すぐ爽子ちゃんをお父さんの病院へ送って」

「それじゃ——悪いのか」

「爽子ちゃんには言うな、と布子先生が」

「分った。車で行くけど、停められるか？」

「中垣さんに頼んでおくわ」

「うん。——大変だな」

と、明男は言った。

爽香が受付に戻ると、あやめが察したようで、

「チーフも行かれますか？」

と訊いた。「ここは、終れば大丈夫ですよ」

「ありがとう。その場の成り行きで。ともかく今は……」

華やかな音楽がロビーに響いた。オーケストラのメンバーが、ロビーに出て来て、ファンファーレを演奏している。

そしてホールの正面入口の扉が大きく開かれ、着飾った客が一斉に入って来る。

「さあ……。始まるわ」

爽香は背筋を伸して、笑顔になった。


休憩時間、ロビーは盛装した人々で溢《あふ》れた。

「やあ、ご苦労さん」

社長の田端が、妻の祐子《ゆうこ》と一緒にやって来ていた。タキシード姿である。

「社長、そちらのロビーの奥でシャンパンが出ていますよ」

と、爽香が言うと、

「いや、やめとこう。眠ってしまいそうだ」

「爽香さん、いつも主人が」

と、祐子が言った。

祐子も大分太って、貫禄がついていた。

「社長、ベンチの件、よろしく」

と、あやめが口を挟む。

「おい、大晦日まで仕事の話か」

「これも仕事です」

「確かにそうだった。例のベンチの風よけの件は、設計事務所に文句をつけてる。年明けに話し合うことにしたよ。ベンチに風よけを設ける費用は少なくとも半分、向うに持ってもらう。大丈夫。引き下がらないよ」

「お願いします」

と、爽香が言うと、そこへ思いがけない顔が現れた。

「栗崎《くりさき》様！　こんな時間に……」

大女優、栗崎英子《ひでこ》が、和服姿も華やかに、人々の間をやって来たのだ。

「驚かせてやろうと思ってね。夜ふかしぐらい、どうってことないわよ」

今年八十七歳になる栗崎英子だが、このところ、前より一段と忙しくＴＶドラマや舞台に出演している。

「何かあったの？」

と、英子に訊かれて、爽香は面食らった。

「あの……」

「長い付合だもの、あなたの表情を見れば分るわ。また命を狙われた？　それとも、リン・山崎のヌードが出回って、困ってるの？」

「そんなことじゃ……」

爽香は、英子にそっと事情を話した。

「──そうなの。まだ若いのにね。六十前でしょ？」

「ともかく……爽子ちゃんが間に合ってくれるといいんですけど」

──コンサートが始まってしまえば、受付の仕事はほぼ終っている。

爽香はケータイの電源を切らずにいた。いつ、布子から連絡が入るかもしれない。

休憩時間の終るチャイムが鳴った……。


これじゃ終らない！

爽子は、午前0時直前のワルツで、オーケストラと一緒に弾いていた。予定外だったが、爽子への拍手が多くて、客が物足りなさを感じていることが伝わって来たのだ。

指揮の谷崎が、

「一緒に弾いてくれ。その瞬間に君もステージにいた方がいいよ」

と、爽子に提案したのである。

爽子がファーストヴァイオリンの端に椅子を持って行って、弾くのに加わると、客席で拍手が起った。

しかし、計算外のことが起ったのだ。後半のゲストに呼んだ歌手が、リハーサルよりずっと遅いテンポで歌ったのである。大物歌手なので、どうしようもなかった。

最後のワルツがスタートし、谷崎は早目のテンポで振っていたが、それも限度がある。

午前0時は迫っていた。このままでは、曲が終らない内に0時になる。

谷崎の表情がこわばっているのが、爽子には分った。自分のせいではないのに、0時に間に合わせられなかったら、「指揮者のミス」と言われる。

といって、この場で曲をカットすることはできない。袖で中垣宣子がハラハラしているのが見えていた。――そうだ！

谷崎と目が合うと、爽子は声を出さず、口だけ動かして、「止めて！」と言った。

一瞬、谷崎が当惑した。しかし、すぐに理解して、ゆったりと指揮のテンポを落とした。オーケストラのメンバーが戸惑いながら、谷崎の棒に合せる。

そして――。午前0時にあと三秒、というところで、谷崎はオーケストラをピタリと止めた。後は曲のフィナーレを残すだけだ。

午前0時の瞬間、鐘の音がホールに響いた。すかさず谷崎がタクトを大きく振って、華やかなフィナーレを演奏し、一気に曲を締めくくった。

ホールが拍手で溢れた。――谷崎が大きく息をついて、爽子の方へ小さく肯いて見せた。

爽子もホッとした。とっさの思い付きだったが、これ以外に、うまくおさめる方法はなかったろう。

袖で、中垣宣子が拍手している。

爽子は宣子にウインクして見せた。


アンコールが終って、爽子が袖に入って来ると、爽香が待っていた。

「爽香さん。客席にいるかと――」

「これを着て」

と、爽香がコートを爽子の肩にかける。「中垣さん、彼女のヴァイオリンをお願いします！」

「爽香さん……」

「病院へ行って」

爽子が息を呑んだ。

「お父さん……」

「間に合うかもしれない。楽屋口に、明男が車をつけて待ってるから、すぐ行って」

「ありがとう！」

ドレスのまま、コートをはおって、急いで楽屋口へ向った。

爽香も一緒に駆けて行って、楽屋口を出た。明男が車の前で待っていた。

「明男、お願い」

「分った」

後ろの席に爽子を乗せる。そして、明男の運転する車は、たちまち見えなくなった。

爽香は、

「間に合ってくれますように……」

と、祈るように呟くと、ホールの中に戻った。

受付で、あやめが珠実と待っていた。

まだ客が次々に出て行く。——爽香も、知っている顔に、何度も挨拶しなくてはならなかった。

二千人の客が出て行くには時間がかかる。——爽香は、もう新しい年になっているのだという実感のないまま、ずっと立ち尽くしていた。

ケータイにメールが入って来た。布子からだ。

〈今、亡くなりました。爽子は間に合いました〉

爽香は、しばらくそのケータイを、じっと握りしめていた。

解説——杉原爽香《すぎはらさやか》、出会いと別れ

山前《やままえ》 譲《ゆずる》
(推理小説研究家)

杉原爽香の物語もこの『灰色のパラダイス』が三十一冊目、爽香は四十五歳になっています。四捨五入したらなんと五十歳！　初登場の時には考えられなかった……こんな四捨五入をしたら、ひとり娘の珠実《たまみ》ちゃんに叱られてしまうのでは？　そんな心配が無用なことは、前作『牡丹色のウエストポーチ』で明らかです。

どうやら、小柄でメガネをかけた「女の子」から、ばりばり仕事をこなす「女性」になっても、爽香の印象はそんなに変わっていないようです。ということはこれまで、本人以外は（本人も？）実年齢を意識することはあまりなかったのかもしれません。

その初登場作、『若草色のポシェット』で爽香は十五歳、中学三年生でした。消息を絶った同級生の死体を学校で発見するという、とんでもない体験をしてしまいます。その中学校で担任だった安西布子《あんざいきぬこ》先生、クラス委員の浜田今日子《はまだきょうこ》、そして転校生の丹羽明男《にわあきお》とずっと人生をともにするとは、シャーロック・ホームズなみの名探偵の爽香でも予想はつかなかったことでしょう。あるいはその事件を担当した河村太郎《かわむらたろう》とも……。父の成也《しげや》、母の真江《まさえ》、そして十歳年上の兄・充夫《みつお》一家という〈杉原家〉はもちろん、シリーズの核となる人間関係です。

S学園高校に進学した『群青色《ぐんじよう》のカンバス』で爽香は、ブラスバンド部に入ってフルートを吹いています。その後、爽香自身が演奏するシーンはほとんどありませんが、クラシック音楽がシリーズのそこかしこで聞こえていました。そのブラスバンド部の合宿先で事件が連続していますが、過去と現在が交錯した複雑な人間関係を、まだ高校一年生の爽香が解きほぐしていきます。

『亜麻色のジャケット』は安西先生と河村刑事のデートが発端（？）で、殺し屋が浜田今日子を人質に逃走しています。親友を助けるため、なんと殺し屋の指示に従っていた爽香です。高校生にして拳銃絡みの事件に巻き込まれているのでした。高校三年生となった『薄紫のウィークエンド』では、さすがの爽香も受験勉強をしなければいけませんでしたが、父の成也が脳溢血《のういつけつ》で倒れて、母の真江とともに看病に追われています。そんなとき、浜田今日子の付き合っている大学生にマリファナ疑惑が！　一種の密室となったペントハウスでのパーティーが、妖しい雰囲気を醸し出していました。

『琥珀《こはく》色のダイアリー』では無事に大学に入っている爽香です。ボーイフレンドの丹羽明男も同じ大学に、浜田今日子は別の大学の医学部に進学しました。爽香は中学二年生の女の子の家庭教師をすることになったのですが、その子の家族に事件が起こっていま

す。軽井沢がメインの舞台となっているのが珍しいことでしょうか。その一方で、丹羽
周子《かねこ》が息子の明男に刈谷祐子《かりやゆうこ》を紹介したことが、爽香の青春に暗い影を落としはじめる
のです。
河村刑事と結婚した布子先生が女の子を出産というおめでたい出来事で始まる『緋色《ひいろ》
のペンダント』は、いくつものトラブルが並走しています。それは爽香シリーズの特徴
と言えるでしょうか。母・真江の体調、明男と刈谷祐子との関係、爽香の不倫疑惑、今
日子に付きまとう大学生……。命がいくつあっても足りない爽香ですが、おまけに人間
ドックで心臓にちょっと問題が見つかったりもするのでした。

『象牙色《ぞうげいろ》のクローゼット』では河村刑事が連続殺人事件を追っています。警察小説とし
ての趣のなかに、ひとつの社会的問題も提起されていました。その謎解きが興味をそそ
る一方、アルバイト先で出会いがあって、祐子との付き合いを深めていく明男を見ての
傷心の思いが癒やされている爽香でした。

大学四年生の夏休み、ボーイフレンドの紹介で、古美術店でアルバイトをしているの
は『瑠璃色《るりいろ》のステンドグラス』の爽香です。三十歳の新人作家をめぐっていくつかの事
件が起こりますが、爽香の心を一番傷つけたのは、明男が大学教授の妻とドライブ中に、
事故を起こしたことでした。

その明男がとんでもない事件に関わってしまうのが『暗黒のスタートライン』です。

大学を卒業後、古美術店にそのまま就職した爽香は、体調の芳しくない父と母が気がかりでした。でも、明男から頼られると、嫌とは言えないのです。

兄の充夫は頼りにならず、〈杉原家〉を支えなければならない爽香は、『小豆色《あずきいろ》のテーブル』で老人向けのケア付きマンション〈Pハウス〉に勤めはじめます。河村刑事の紹介でした。そこで知り合ったのが往年の大スターの栗崎英子《くりさきひでこ》で、出くわしたのが英子の孫の誘拐事件なのです。〈Pハウス〉に出資している〈G興産〉の社長の息子の田端将夫《たばたまさお》は、なんと刈谷祐子と婚約中でした。『銀色のキーホルダー』は爽香が田端家の別荘に招かれての事件です。田端家の騒動に悩む爽香を支えてくれるのは、罪を償った丹羽明男でした。

そして爽香と明男の結婚が決まった『藤色のカクテルドレス』、仲人は河村夫妻です。でも、事件は待ってくれません。結婚式を迎えるまでに、コンビニ強盗事件を解決しなければならなかったのです。もちろん（！）甘いハネムーンも事件付きです。『うぐいす色の旅行鞄』は紅葉で有名な温泉に、爽香と明男だけでなく、訳ありの男女も泊まっているのでした。そして医者になった浜田今日子もです。そして、東京で七歳の女の子が殺された事件を追っていた河村刑事は、胃の三分の二を摘出する大手術を……。

〈Pハウス〉での仕事は順調でしたが、迷惑引受症と自ら認める爽香の周囲でトラブルが続出するのが『利休鼠《りきゅうねずみ》のララバイ』です。兄の充夫の浮気が発覚し、河村刑事は捜査中に知り合った早川志乃《はやかわしの》と深い仲になってしまいます。そして明男は二十歳の三宅舞《みやけまい》から——。爽香が〈G興産〉が計画する「一般向け高齢者用住宅」の準備スタッフに加わったのは『濡羽色《ぬればいろ》のマスク』でした。このあたりからビジネスの世界での活躍が目立ってきます。けっして「事件を呼ぶ女」ではないのです！　もっとここでも、不可解な事件は起こっているのですが。

とうとう（？）三十歳になった『茜色《あかね》のプロムナード』で爽香は、〈G興産〉に移って大きなプロジェクトの中心スタッフとなっています。建設予定地の買収工作という大変な仕事に取り組む姿は、誰もが頼もしいと思ったことでしょう。ただ、三宅舞をめぐる銃撃事件が起こったりもするので、なかなか仕事に専念できないのです。

『虹色のヴァイオリン』は女児誘拐事件でしたが、なんといっても中川満《なかがわみつる》が初めて登場したことが特筆されるでしょう。殺し屋の中川はその後、『茜色のプロムナード』に登場した松下《まつした》とともに、陰日向になって爽香を助けるのです。そしてラスト、河村太郎・布子夫妻の長女である爽子《さわこ》の、ヴァイオリン演奏の初舞台が印象的でした。

これまでも随分危険な目に遭ってきた爽香ですが、『枯葉色《かれはいろ》のノートブック』ほど危険な目に遭ったことはないのではないでしょうか。それは爽香が関わった〈レインボー・ハウス〉の見学会での出来事でしたが、中川が救ってくれます。『真珠色のコーヒーカップ』は兄の充夫一家の物語です。充夫のたびたびの浮気と多額の借金に愛想を尽かし、妻の則子《のりこ》も浮気に走ってしまいます。長女の綾香《あやか》の心はくじけてしまい、暴走族絡みの事件に巻き込まれてしまいますが、やっぱり頼りになるのは爽香叔母さんでした。

やっと運営も落ち着いた〈レインボー・ハウス〉のプロジェクト・メンバーのひとりが起こした事件の『桜色のハーフコート』は、ある学園のトラブルも絡んできます。ですがさすがに今回は、自身の仕事が発端となる事件の収拾に追われている爽香です。

『萌黄色《もえぎいろ》のハンカチーフ』で爽香と明男は海外へ！　〈G興産〉の仕事なのですが、田端将夫社長の計らいで、第二のハネムーンとなりました。幸い旅先では事件には巻き込まれませんでしたが、帰国後、フランクフルトで知り合った女優にトラブルが起こっています。そこに〈G興産〉に怪しい動きが……。

待望の第一子、珠実が誕生したのは『柿色のベビーベッド』でした。三十六歳の時です。しかし爽香は、たった半年でプロジェクトのチーフに復帰して、〈S文化教室〉の再建に取り組んでいます。運送会社でドライバーをしている明男もバックアップしてくれます。新しい仕事に向かう爽香は凜々《りり》しいと言えますが、その文化教室にも悪の萌芽はあったのです。そういえば、浜田今日子がシングルマザーの道を選んだことには驚かされました。

『コバルトブルーのパンフレット』では、〈S文化マスタークラス〉と名前を変えたカルチャースクールを立て直すアイデアをいろいろ提案していますが、その目玉となる講師のトラブルの解決にまたまた奔走する爽香でした。そして、なかなか落ち着かない兄・充夫の一家にも心悩ませるのです。

父の成也の一周忌を済ませた――というのが『菫《すみれ》色のハンドバッグ』でした。それから爽香は、さまざまな哀しみを乗り越えて生きていくことになるのです。それでも栗原英子の八十歳を祝う会の相談を受けると、張り切ってしまうのでした。その祝う会をめぐっての、あるいは兄一家をめぐってのトラブルが相次ぎますが、栗崎英子の「私の一番信頼する友人です」という言葉に支えられる爽香です。

爽香がこんなトラブルに巻き込まれるとは思ってもみなかったのが『オレンジ色のステッキ』です。密かにモデルとなった裸体画（！）が、画壇の最高権威の堀口《ほりぐち》が傑作だからと言って、展覧会に出品されることになったのです。描いたのは小学校の同級生のリン・山崎《やまざき》ですが、さすがの爽香も動揺してしまいます。そんな時、爽香の有能な秘書である久保坂《くぼさか》あやめが襲われて……。

四十歳となった『新緑色のスクールバス』でものんびりとはしていられない爽香です。客足の落ちたショッピングモールの立て直しという、新しいプロジェクトは成果を挙げつつありましたが、恨みも買うのでした。河村爽子はイタリアのコンクールで優勝しますが、師である指揮者との仲が気になります。交通事故で怪我をした明男はスクールバスの運転手となりましたが、そのバスが乗っ取られてしまいました。なにより心配なのは兄の充夫の一家です。充夫の体調は芳しくなく、妻の則子も肝臓を患ってしまいます。そして長女の綾香はかつて結婚を約束したハンガリー人との別れを――。爽香の波乱の四十代を予感させる一作です。

その則子が肝臓ガンで逝ってしまったのが『肌色のポートレート』でした。通夜《つや》の場で新たに担当していた大規模プロジェクトの関係者と出会ったのが、事件の始まりです。そして明男には誘惑の魔手が迫るのでした。『えんじ色のカーテン』は中学三年生のかんなが通っているM女子学院をめぐっての事件です。トラブルが続くかんなのことを心配した担任の布子先生は、温泉に行くという爽香に彼女を託します。爽香が中学三年だった頃とはまったく違うかんなの姿に、あらためてこのシリーズの歴史を感じるのでした。続く『栗色のスカーフ』での爽香の関わるトラブルにも、時の流れを感じるのです。日本社会の、あるいは会社組織での爽香の立ち位置の、そして明男の心の――。

シリーズ三十作目という節目を迎えた『牡丹色のウエストポーチ』は、爽香の誕生日会から始まっています。お馴染みのメンバーが集っている場面はじつに楽しく、これも長年続いているシリーズならではの楽しみでしたが、哀しい別れも待っていました。そして今度は珠実が狙われています。爽香の娘としては、これも逃れられない運命なのでしょうか。

そしてこの『灰色のパラダイス』の主人公は、バイオリニストとしてすっかり有名になった河村夫妻の長女の爽子と言えるかもしれません。大晦日の〈ジルベスター・コンサート〉をクライマックスに、赤川作品ならではのクラシック音楽への造詣がそこかしこにちりばめられていきます。一方で、誘拐事件がサスペンスを駆り立てていきます。そしてまた哀しい別れ……。四十五歳の冬もやはりスリリングなのでした。

初出
「女性自身」（光文社）
二〇一七年　一〇月三一日号、一一月二一日号、一二月一九日号
二〇一八年　二月六日号、二月二七日号、四月三日号、四月一七日号、五月二九日号、六月一九日号、七月一七日号、八月二八日号、九月一八日号

光文社文庫

文庫オリジナル／長編青春ミステリー

灰《はい》色《いろ》のパラダイス

著　者　赤《あか》川《がわ》次《じ》郎《ろう》

2018年9月20日　初版1刷発行

発行者　鈴木広和
印　刷　萩原印刷
製　本　ナショナル製本

発行所　株式会社　光文社
〒112-8011　東京都文京区音羽1-16-6
電話（03）5395-8149　編集部
8116　書籍販売部
8125　業務部

ISBN978-4-334-77713-5　Printed in Japan

組版　萩原印刷

濡羽色《ぬればいろ》のマスク〈29歳の秋〉

茜色《あかねいろ》のプロムナード〈30歳の春〉

虹色《にじいろ》のヴァイオリン〈31歳の冬〉

枯葉色《かれはいろ》のノートブック〈32歳の秋〉

真珠色《しんじゅいろ》のコーヒーカップ〈33歳の春〉

桜色《さくらいろ》のハーフコート〈34歳の秋〉

萌黄色《もえぎいろ》のハンカチーフ〈35歳の春〉

柿色《かきいろ》のベビーベッド〈36歳の秋〉

コバルトブルーのパンフレット〈37歳の夏〉

菫色《すみれいろ》のハンドバッグ〈38歳の冬〉

オレンジ色のステッキ〈39歳の秋〉

新緑色のスクールバス〈40歳の冬〉

肌色のポートレート〈41歳の秋〉

えんじ色のカーテン〈42歳の冬〉

栗色のスカーフ〈43歳の秋〉

牡丹色のウエストポーチ〈44歳の春〉

灰色のパラダイス〈45歳の冬〉

爽香読本 改訂版 夢色のガイドブック

——杉原爽香、二十七年の軌跡

赤川次郎ファン・クラブ

三毛猫ホームズと仲間たち

入会のご案内

会員特典

★会誌「三毛猫ホームズの事件簿」(年４回発行)
会誌の内容は、会員だけが読めるショートショート(肉筆原稿を掲載)、赤川先生の近況報告、先生への質問コーナーなど盛りだくさん。

★ファンの集いを開催
毎年夏、ファンの集いを開催。賞品が当たるクイズ・コーナー、サイン会など、先生と直接お話しできる数少ない機会です。

★「赤川次郎全作品リスト」
500冊を超える著作を検索できる目録を毎年５月に更新。ファン必携のリストです。

ご入会希望の方は、必ず封書で、〒、住所、氏名を明記の上、82円切手１枚を同封し、下記までお送りください。(個人情報は、規定により本来の目的以外に使用せず大切に扱わせていただきます)

〒112-8011
東京都文京区音羽1-16-6
(株)光文社　文庫編集部内
「赤川次郎Ｆ・Ｃに入りたい」係